マドンナメイト文庫

牝刑事 恥辱の絶頂ハニートラップ

桐島寿人

目次

contents

牝刑事　恥辱の絶頂ハニートラップ

第一章　牝刑事

1

「十一時だってよ」

覆面の男がスマートフォンを耳から外して、つまらなそうにつぶやいた。

がらんとした倉庫だ。小さな声も反響して耳に届く。

「ホントに来るんだろうな？」

もうひとりの覆面の男が、怯《おび》えた声を出す。

「さあなあ、正体不明だし。でも、そんなことよくあるだろ」

スマホを持った男が適当に答えて木箱に腰を下ろした。

もうひとりの男……ここにいるのは全部で三人だ……少し太った男が目出し帽の目をぎらつかせて、ブルーシートに寝かされた女を見た。

「しっかし、なんでこの女がご指名なんだろうなあ。けっこうな美人だけどさ。ストーカーかなあ。あんた、何したんだよ？」

小太りの男がしゃがんで、女に手を伸ばした。

「ムッ……ムウウッ……！」

縛られて転がされていた女――紺野結愛《こんのゆあ》は喉奥から悲鳴を漏らすも、猿轡《さるぐつわ》として噛《か》まされていたタオルによって、くぐもった声しか出せないでいる。

男の手が頬に伸びてきて、結愛は後ろ手に縛られた不自由な身体をよじらせて逃げようとしたが、その瞬間に小太りの男の目が結愛の下半身に向いた。

結愛はハッとして、太ももをよじらせる。

見ると自分のフレアスカートが大きくまくれて、太ももが際どいところまで見えてしまっていたのだ。

結愛は東京湾岸医療《とうきょうわんがんいりょう》センターで働く看護師だ。

二十八歳。三年前に結婚して子どもはいない。

夫は世界でも有数の工作機械メーカーの社員で、家庭は裕福とは言えぬまでも充分な給料はもらえているが、結愛は仕事が好きで続けていた。

そんなある日。

病院からの帰り道。歩いていると、大きな黒いミニバンが横に止まり、目と口だけを露出した覆面の男たちが出てきて結愛は襲われた。

深夜の路地裏の道であり、充分に注意していたつもりだったが、まだ人通りがあったために油断していた。

気がついたら、この倉庫のような場所にいて、結愛は縛られたまま、まる一日監禁されていた。

三人の男たちはずっと目出し帽のようなもので、顔を隠している。

最初は身代金目当ての誘拐だと思っていた。だが、この男たちはこちらに連絡先を訊《き》いてくることもない。

では、なんのために私を誘拐したの――？

そのうちに男たちの自分を見る目が、好色だったことに気づいて愕然《がくぜん》とした。

覆面をしたままでも、結愛の身体を舐《な》めまわすように見つめる視線は、ゾッとするほど気色悪い。

結愛はダウンジャケットにフレアスカートという地味な格好だったが、ダウンジャケットは脱がされて、下に着ていたVネックニットを露《あらわ》にされた。タイトなニットの胸元や、フレアスカートのヒップに臆面もなくいやらしい視線を浴びせてくる。

狙いは私の身体だったの――？

だが……今、スマホを持っている背の高い男が、スマホでしていた会話を聞いて結愛の身体は凍りついた。

誰かに売られる――男たちは誰かに雇われて結愛を拉致したのだ。

そしてこれから、その依頼主が現れる。

依頼主は結愛を男たちから買い取るつもりらしい。生きた心地がしなかった。

何度も「なぜ」と自問した。しかし、理由はまるでわからない。

「あと一時間か。なあ、あいつら、女に傷つけるな、と言っただけだったよな」

小太りの男が結愛に近づきながら言う。

「ああ。それ以外は聞いてねえ」

「身体に傷つけなきゃいいんだよな」

男の手がバストに伸びてきた。Fカップの乳房を、ニット越しにいやらしく揉《も》まれた。

「ンンンッ！」

結愛は身体を転がして逃げようとするも、男がのしかかってきた。

「お、おい……売り物にならなくなったら……」

小柄な男が心配そうに言う。

のしかかっている男が、目出し帽を被《かぶ》ったまま不敵に笑った。

「心配すんな。ちょっと味見したくらいでバレねえよ。こんないい女、ただで渡すなんてもったいねえ」

男の手が乱暴にニットをまくりあげてきた。

ベージュのブラジャーに包まれた、たわわなふくらみが露にされる。

「へへ、いい身体してるじゃねえか。人妻だっけか」

長身の男も近づいてきた。

「独り占めしねえで、俺にも楽しませろよ。ずっとガマンしてたんだぜ」

長身の男が自分のベルトを外した。

「ムーッ!」

ふたりがかりで犯される……結愛は必死に芋虫のように身体を這《は》いずらせるが、後ろ手に縛られていてはどうしようもない。

ついにふたりがかりであおむけに押さえつけられ、スカートを腰までまくられた。

ベージュのパンティに包まれたヒップが男たちの目にさらされる。

「おおっ、いいケツしてんじゃねえかよ」

「ああ、ムチムチだぜ。二十八だっけな。旦那に可愛《かわい》がられてんのか。ったく、この尻だったら、俺が買いてえぜ」

パンティに手をかけられる。

脱がさないでという願いも虚《むな》しく、パンストごと丸めるように脱がされて、結愛は下半身をすっぽんぽんにされた。

「俺からでいいな。ほら、ケツあげろよ、奥さん」

小太りの男が、突き出した双臀《そうでん》に平手打ちを見舞う。小気味よい打擲《ちょうちゃく》音と同時に痛みが走る。

「ムウウッ!」

結愛はこめかみをブルーシートにこすりつけ、ヒップを掲げた格好にさせられたまま呻《うめ》き声をあげる。鋭い痛みと恐怖が結愛の心を折ろうとする。結愛は人の妻であるという貞操を守ろうと必死だ。

しかし何度もスパンキングされると、抵抗する気力が失われた。

男に腰を持たれても抵抗できず、後ろ手に縛られた背中をそらしてヒップをさらに高く掲げてしまう。

「いい格好だぜ、奥さん。一気にぶちこんでやるからな」

背後で男がズボンを下げる気配がした。濡れた男の指が、恥ずかしい部分をまさぐる。

「ムウッ!」

犯される……!

絶望に身を強張《こわば》らせた瞬間だ。

「ムウウウウウウ!」

猛々《たけだけ》しい肉の剛直がまだ濡れきってない膣内を背後からえぐるように貫いてきた。

夫以外の男の性器に奥まで貫かれた。

あまりの痛みに、結愛の口からヨダレが垂れる。だが男は容赦なく、最奥まで貫いてきて、腰を振りたくるのだった。

2

「ねえっ、突っこんでもいい?」

神崎玲子《かんざきれいこ》は、襟元のワイヤレスマイクに向かって話しかけた。

——いいワケあるか。マル被は素人とはいえ男三人だぞ。アホか。

すぐにしわがれた声が右耳のイヤーモニターから聞こえてきた。本部の小玉《こだま》だ。玲子のふたつ上の三十四歳で若手のホープ。

機動隊にいた頃からの腐れ縁だ。

「だからあ、素人なんでしょ？　早く拉致された女性を助けたいわ」

目の前の倉庫を見あげる。

中央区勝《ちゅうおうくかち》どきの埠頭《ふとう》にある倉庫は、シンと静まり返っている。倉庫の中にはすでにスコープなどの資機材を持った下見のA班三人が入っていた。

腕時計を見る。

十一時。勝どきの埠頭は海風が冷たい。

野戦用のごついブーツも履いているのに、爪先がかじかんできた。

——早く救出したいのはわかるがな、おそらくヤツらは下っ端だ。商品には手をつけないはずだ。待機してろ。

「寒いのよ。それにワインのいいのを開けたときに連絡が来たんだから、早く帰って飲みたいのっ」

――ワインのいいのったって、どうせスーパーで買ったヤツだろ。

「六十三年のシャトー・ラトゥール……だったかしら」

――あ？　マジか……なんでそんなの持ってるんだよ。五十万はするぞ。

「勝どき署の副署長がくれたの。還暦祝だから」

――還暦祝って、ふつうあげるもんだろ。というか、いい加減にパパ活はやめろよ。

「人聞きの悪い。ヤッてないわよ。夜にいっしょに飲んであげただけ」

――ったく……ん？　おい玲子、ちょっと待て。

通話が途切れた。

おそらくA班から連絡があったのだろう。玲子は倉庫の裏手に隠れながら小玉の続きを待つ。

早く突入させてよ。このベストって、マジできついんだから。

玲子はグレーの制服の上に、ボディアーマーとタクティカルベストを身につけている。

八十八センチFカップのたわわなバストが圧迫されてつらい。ヒップもきつい。

三十二歳の女盛りの肉体は、日々鍛えているのに、どうにもいやらしくなってきている。

腰だって、昔は五十四センチしかなかったのに、今は鍛えても、どうしても柔らかい肉がついてきてしまう。

まったく、年を取るのって本当にいやだわ。

玲子は警視庁捜査一課特殊犯捜査係、通称ＳＩＴと呼ばれる捜査チームに三年前に呼ばれた。

美貌とスタイルのよさが抜擢《ばってき》の決め手だったと、特殊犯捜査係の係長ははっきり言った。誘拐事件などでの犯人との交渉、または人質の交換などで女が使えるからだ。切れ長の目に、ショートでさらさらの黒髪。鼻筋の通った端正な顔立ちで、美人であることを自分でも自覚している。

そんな玲子はＳＩＴに入ってから陰で牝刑事《めすデカ》と呼ばれていた。

女だてらにＳＩＴに入隊したという嫉妬だ。同僚の男たちは、それはそれはジェラシーに満ちた目を玲子に向けて、ことあるごとにセクハラをしてきた。

挨拶が遅れれば、

「遅い、もっとハキハキと」

と、上司に言われて、制服の上から尻を揉まれた。

同僚にお茶を入れてやれば、

「もっと前屈《まえかが》みになって置いてくれよ」

と、ブラウスの襟元から胸の谷間をあからさまにのぞかれた。

そこでへこたれなかったのが、玲子だ。

牝刑事ねえ。面白いじゃないの。

それから玲子は、同僚の男たちに負けじと手柄を重ねて、特殊犯捜査係の現場責任者まで任されるようになった。牝刑事は蔑称ではなく通り名として名が売れて、結果的には出世が早まってよかったと思っている。

――A班より。情報にあった男たち以外に男がいます。

え？

イヤーモニターから聞こえてきた。玲子は眉をひそめる。

「下っ端の素人みたいな三人だけじゃなかったの？」

襟元のワイヤレスマイクに向かって言う。

――みたいだな。仲間が来たのか。好都合だな。一網打尽だ。

小玉が笑う。

この勝ちどきの倉庫に、拘束された女が連れこまれた、という情報が入ったのは、二時間前のことだ。

月島《つきしま》をねぐらにするホームレス――情報屋なのだが、そのホームレスが偶然に目撃したのだ。この倉庫の名義は北川建機《きたがわけんき》という小さな機械メーカーだが、すでに北川建機はつぶれていて、今は誰も使っていないということだ。

この二カ月で若い女性が三人、立てつづけに捜索願が出されていた。しかも三件ともが「特異行方不明者」である。

警察はまず捜索願が出された場合、事件性の有無や事故の可能性、自分の意志で失踪したのかどうかを吟味して、自分の意志で姿をくらました「一般家出人」と、事件や事故に巻きこまれた可能性の高い「特異行方不明者」に選別する。

拘束された女が、その三人のうちひとりである可能性が高いとして、月島の警察署ではなくSITに連絡が入ったというわけだ。

A班によれば拉致実行犯の三人は素人。おそらくはほかに指示役がいるとの見立てだったのだが、案の定だ。

それにしても組織的な誘拐だなんて……いったいこの倉庫で何をしようというのか。

――本部より。A班、状況は？

小玉の声がイヤーモニターから聞こえる。ちなみに小玉たち後方支援部隊は少し離れたワンボックスカーの中にいて指示を出している。A班が下見、B班が玲子とともに倉庫のまわりにいる実行部隊。そして、小玉は後方支援兼本部だ。

――A班より。女性の姿を確認しました。あっ……。

潜入しているA班の男が戸惑った声をあげる。

――どうした？　A班。

――A班より。女性は衣服を身につけていません。後ろ手に縛られて、その……性的暴行を受けています。

玲子の全身がカッと熱くなった。

――本部よりA班へ。状況を詳しく教えてくれ。

小玉の声が届くと同時に、玲子は襟元のワイヤレスマイクに向かって叫んだ。

「状況説明はいらない。突入するわ！」

――何ぃ？　神崎！　何を言ってる。C班が来るまで待て。

――玲子！　待てっ。待機だ。

A班の男と小玉の声が耳に響く。玲子はヘッドセットを外して、草むらに投げつけた。そして、倉庫の外階段を駆けあがっていく。

ふざけないで。何が商品には手をつけないよ。つけてるじゃないの！

玲子は倉庫の二階のドアをそっと開ける。

高所にある点検通路《キャットウオーク》が、ぐるりと倉庫を囲んでおり、手すりから下が見える。

右手にA班がふたり身を屈ませている。

手で「戻れ」と玲子に必死に合図しているが、もう遅い。

玲子はしゃがんで下を見る。

複数の男たちが対峙《たいじ》している。全員覆面。全部で五人だ。三人は黒いジャンパーにジーンズでこっちが下っ端だろう。残りふたりは黒いスーツ。こちらのふたりのほうが立場は上みたいだ。

そして、素っ裸で後ろ手に縛られた女性を黒いスーツの男が捕まえている。女性は口に猿轡のようにタオルを噛まされていて、白い身体のあちこちに傷があった。

「これはどういうことだ？」

黒いスーツの男が口を開いた。

「い、いや……その……」

ふたりのジャンパーの男たちが、慌てたようにデニムを穿《は》こうとしている。

ひとりではない。捕まっていた女性は複数の男に犯されたのだ。

玲子は柳眉を逆立てた。

「女に傷をつけるなと言ったはずだよな」

「いや、お、女が抵抗するからさ、ちょっと静かにさせようと」

ジャンパーの男が声を震わせて答える。

「大事な商品に傷つけやがって。しかし、てめえら運がよかったな。開発が進んでたら、おまえら吹っ飛ぶところだったぞ」

女を捕まえていた男が銃をジャンパーの男たちに向けた。

「ひっ！」

ジャンパーの男たちが逃げ出した。

逃がすか。

玲子は手すりを乗り越えて飛び降りた。先ほど、下に工作機械があったのを見ていたのだ。そこに飛び降り、もう一回飛んだ。

床まで二メートル以上。かなり距離があったが、膝をクッションのように使い、さらにその膝にも負担をかけないように、すぐに転がった。

「ちっ！」

男が転がってきた玲子に銃を向けた。玲子は転がった勢いのまま、すぐに男の足下に向かって飛びかかり、膝を踵《かかと》で蹴った。

「がっ！」

スーツの男がバランスを崩す。銃声が響く。

「ぎゃああ！」

ひとりのジャンパーの男が胸を押さえて倒れこんだ。流れ弾が当たったらしい。

玲子は男の手を蹴った。銃が床を滑り、工作機械の下に入る。

スーツの男が反撃してくる。右肘が玲子の左の鎖骨に当たった。

「くうっ」

しかし、ひるまずにその手をつかむ。

倉庫に声が響いた。

「A班、突入します！」

銃を構えたA班のふたりが、手すりを乗り越えて、玲子と同じように飛び降りてきた。玲子ほどスマートではないが、なんとか寝転がって勢いを殺し、すぐに立ちあがって走ってくる。

「おいっ！」

もうひとりのスーツの男が女を抱きながら、もうひとりのスーツの男に何か手で合図を送った。

玲子と揉み合っていたスーツの男が小さく頷《うなず》いた。

なんだ？

玲子が眉をひそめたときだ。

倉庫の入口にダンプが突っこんできた。

分厚いドアが倒れ、ダンプのフロントバンパーに当たった建築資材が勢いよく飛んできた。玲子は身を伏せる。

倉庫内に粉塵《ふんじん》が舞い、悲鳴や怒号が飛んだ。

このダンプで逃げる気か。

しかし、まわりはもう捜査員たちで固められている。逃げきれるわけがない。一網打尽だ。

スーツの男が女を捕まえたまま、ふたりで突っこんできたダンプの陰に隠れた。もうひとりのスーツの男もダンプの後ろに入っていく。

「逃がすな！」

A班だけでなく、B班も投入してきた。

男たちはダンプに乗りこむようなそぶりをまるで見せなかった。

わずかにガソリンの匂いがする。

違う。

これは違う。おそらく乗って逃げるつもりではない。

「ダンプから離れて！」

玲子が叫ぶ。

その瞬間にダンプの運転席が爆発して、爆風で玲子は身体ごと飛ばされた。

第二章　爪弾き者たち

1

「はい、みんな、わかったかな？」

警視庁新宿《しんじゆく》南《みなみ》署交通課の寺内《てらうち》が、目の前にいる幼稚園児たちに大げさな身振りで声をかける。

「はあい」

子どもたちが、大きな声で返事をする。

同じく交通課の松木莉緒《まつきりお》は、着ぐるみの中からその様子をぼうっと見ていた。

あの男の子、なかなか可愛いわね。十年ぐらいしたら、かなりイケてる子になる気がする。それにあの子も顔立ちがキレイね。

そんなことでも考えてないと、着ぐるみの中が暑くて汗臭くてたまらない。

「じゃあ、ピーポーちゃん、やってみましょうか」

「わかりましたあ」

莉緒が着ぐるみのまま手を挙げる。

ピーポーちゃんは、新宿南署独自のマスコットキャラだ。

顔がまるくて、目が大きくて愛嬌《あいきょう》がある。

何がモチーフなのかわからないが、そこまではいい。

首から下は全身タイツで手足だけはもふもふした物をつけている。ミニスカートを穿いているから性別は女。だから、女性警察官が必ず中に入ることになっている。今日の着ぐるみ当番は莉緒だった。

子どもたちに近づくと、不審な顔をされた。

「うわっ、へんなキャラ」

「女だ。女が入ってるぞ」

幼稚園児も年長になると意地が悪い。

特に男の子たちの視線がおっぱいに来るのがわかって恥ずかしい。全身タイツだから胸の形がまるわかりなのだ。

莉緒はバスト八十六センチのFカップ。ウエストは公称五十八センチだが、本当は六十一センチ。もちろん、それでも充分に女らしいスタイルである。

「はあい、みんなあ、今から横断歩道を渡るから、見ててねえ」

着ぐるみの莉緒が言う。近づいていくと女の子たちの顔が強張った。

というのもこのピーポーちゃん、誰がデザインをしたか知らないが、黒目が上を向いているのだ。客観的に見て、目がイッている。

それで新宿という場所柄もあって一部ネット界隈《かいわい》では「押収した薬物に手を出したマスコット」とひどい言われようなのだ。

着ぐるみが近づくと、女の子たちがじりじりとあとずさりする。

男の子たちは女の子の前に立ち、

「こらあ、いじめるなあ」

「女のくせにい」

へんなデザインというだけで、いつもながら哀しい扱いだ。

と、女の子を守る勇敢さはいいのだが、男の子たちがたたいてきたり、おっぱいやお尻をつかんできたりするのには腹が立つ。

「ちょっと、やめなさい……きゃあ！」

後ろから子どもに蹴られて、着ぐるみの莉緒は倒れこんだ。

「わあ、倒れたあ」

子どもたちは残酷だ。

手を貸してくれるどころか、息の根を止めようとばかりに、また蹴ってきたり、のしかかって胸をぐりぐりと激しく揉んでくるヤツもいる。

プチッと切れた。

「おらぁ。暴行傷害でしょっぴくぞ」

莉緒が低い声で唸《うな》る。

もうこうなると自分でも止められない。

起きあがって手を振りあげたら、子どもたちは面白がって「キャーキャー」と走って逃げていく。

「ちょ、ちょっ……ちょっと、ピーポーちゃん、今は交通安全教室ですよ。乱暴な言葉は慎みなさい。やだもう、あははは」

寺内が慌てて着ぐるみの腕をつかむ。

そして、莉緒にしか聞こえないように小声で話してきた。

「何考えてるのよ。誰かが動画とか撮っててSNSなんかにアップしたら大変よ」

莉緒も言い返す。

「だって、おっぱいとかお尻とか揉まれまくったのよ、お金ももらっていないのに」

「あのねえ、相手は子どもでしょ。あなたはキレやすすぎ」

寺内がため息をついた。

莉緒が小さく唸る。

「はいはい。わかりました。ごめんねえ、みんな。ねえ、仲よくしよう」

手招きしても、もう寄ってこなくなった。女の子が泣いている。

寺内が機転を利かせて言う。

「ああ、そうだあ。ピーポーちゃんは今日、大切な用事があるのよねえ」

「えっ。あ、そうそう。じゃあねえ、みんな」

莉緒は着ぐるみのまま手を振って、幼稚園の部屋から出る。

子どもたちからブーイングらしきものが聞こえてきた。もはやヒールである。

廊下を歩いて、幼稚園が用意してくれた控え室に戻る。

カーテンで締めきった小さな部屋だ。

「ああ、暑かった」

莉奈はかぶり物の頭を取り、頭を振った。

栗色《くりいろ》のミドルレングスヘアがぱあっと散る。

さらに両手のグローブや、両足に履いたもこもこの靴も脱ぐ。さらに両手を背後にまわして、ファスナーを下げて苦労してタイツを脱いだ。

下に着ていたTシャツが汗で濡れて、薄いピンクのブラジャーが透けて見えてしまっている。パンティも汗だくだ。

「やだもう……」

警察署でシャワーを浴びてメイクを直したい。今日はマッチングサイトで見つけた商社のふたりと二対二の飲み会だ。昔で言う合コンである。

莉緒は二十六歳。

新宿南警察署の交通課交通総務係で働く、女性警官である。

ぱっちりした目に端正な目鼻立ちで、見た目は可愛らしくて、とても警察官には見えないと言われている。

小柄で細身だが、胸やお尻は大きいグラマラスボディ。

清楚《せいそ》な雰囲気で可愛いから、わりとモテる。だけど、どうしても長続きしない。というのも、莉緒は埼玉の田舎で生まれ育った元ヤンキーだ。

ギャルっぽい格好をして学校も行かずに日々遊びまくっていた。元から運動神経はよかったし、空手を習っていたから喧嘩《けんか》も負けなしだった。

そんな莉緒が警察官になろうとしたのは、単純に悪いことをするのに飽きたからだった。

それにガタイのいい男が好きなので、警察官という職業もうってつけである。

いろいろ悪いことはしたけれど、幸いなことに前科はつかなかった。そんなわけで、採用試験の身上調査に引っかかることもなかったのだ。

とまあ、いざ警察官になってみたものの、なかなかいい男には出会えずに、もっぱらマッチングサイトで、いい男漁《あさ》りである。

今日の飲み会はキレないでしょう。

そんなことを思っていたら、ドアがコンコンとノックされた。

「松木さん、いる？　片瀬《かたせ》だけど」

驚いた。交通課の課長がなぜここに……。

「すみません、今着がえますから」

そう言いながら、汗で濡れたTシャツを脱ぎ、ブラジャーの上からニットを羽織ってデニムを穿いた。

どうぞと言うと、ドアが開いて片瀬が入ってきた。

ころころ太ったおばちゃんだ。これでも昔は機動隊にいたらしい。

「異動だって」

入ってくるなり、片瀬が言った。

「は？」

「すぐに本店に行ってくれって。なんなのかしらねえ、こんな時期に。まだ四月まで一カ月もあるのに」

本店というのは警視庁本部のことだ。

いきなりすぎて、咀嚼《そしやく》するまで時間がかかった。

「なんでいきなり私が？」

「さあ？　でも、新設された部署ですって。なんだっけ……ええっと、紙に書いておいたのよね。警視庁刑事部捜査一課特務班」

取り出した小さな紙を、片瀬が読みあげた。

「は？」

莉緒は耳を疑った。

「捜査一課……ええええっ。それってバリバリの、け、刑事さんじゃないですか！」

「みたいねえ。捜査一課って、あの捜査一課よね。なんなんだろね」

片瀬も首をかしげている。

「断れないんですかね」

莉緒が言うと、片瀬が目をまるくした。

「なんでよ。捜査一課よ。エリートじゃないのよ。ノンキャリの夢よ」

「だってえ、休めないじゃないですか。それに残業もあるだろうし。飲み会も行けないなんて」

莉緒の言葉に、片瀬も唸った。

「まあ、そうよねえ。本店ってめちゃくちゃ働かせられそうだし……でもまあ、ほら、特務班って新設部署らしいからラクかもよ」

片瀬が同情するように言う。

「何するんでしょうか、特務班って」

「さあ……まあ、とにかく行くだけ行ってよ。あなたが行かなかったら、私が上からどやされるし」

片瀬が睨《にら》む。莉緒は大きなため息をついた。

なんで元ヤンが刑事なんかにならねばならないのか。

これでは漫画や小説ではないか。

2

捜査一課は本部庁舎の六階にあった。

特務班はその部屋のさらに奥……プレートの出ていない真新しいドアで、段ボールがドアの脇に積まれている。

白木里枝子《しらきりえこ》は、ため息をこぼした。

特務班ねえ。いったい何をするところなのかしら。

里枝子は港区芝浦《みなとしばうら》警察署警備課長であった。

父親は警察庁生活安全局長という要職で、日本の警察官の階級からすれば上から二番目のトップ層である。エリート中のエリートだ。

代々警察官の家系であり、本店でも白木の名は知られていた。

里枝子自身も女性幹部候補と言われていたが、十年前に結婚を機に退職して、子どもを産んだ。夫もキャリアで芝浦警察署の副署長である。

そして、里枝子は三十九歳になり、子どもが大きくなったのを機に復職した。

復職に当たっては前川《まえかわ》という刑事部長にお願いした。

前川は以前、父親の直属の部下であった。刑事部長であれば、ある程度は人事に色をつけられる。里枝子は刑事になって正義のために活躍してみたいという気持ちがあったのだ。

ところがだ。

「えっ、私が特務班？」

銀座《ぎんざ》の行きつけのレストランで前川と会ったときに訊いた復職先は、里枝子にとって意外な場所だった。

「申し訳ございません、奥さま」

前川が頭を下げる。

本来は警視正だから里枝子より階級は上だが、そこは夫や父親の威光があるためだろう、里枝子には常に敬語だ。

「奥さまはやめてください、前川さん。それにしても特務班というのは何をするところなの？」

「詳しくはまだ訊いておりませんが、かなり特殊だと。一説には組織への潜入捜査も行うらしくて」

「捜査一課が潜入捜査を？」

驚いた声を出すと、前川は真顔で頷いた。

潜入捜査は、薬物密売の摘発などでまれに行われることもあるが、マトリ（麻薬取締官）や公安が行うのみだ。しかもそれも、あくまで法律を守った諜報《ちょうほう》活動に限られている。

「潜入捜査なんて捜査一課がやったら大変なことになるでしょう？　マスコミが権力や人権を問題視するだろうし」

前川は身を乗り出し、声を潜めた。

「だから別班なんです。捜査内容は完全秘匿。正直、警察内部からは疎まれるでしょうが、内調（内閣情報調査室）や外務省から、いや米国からの圧力です。中国やロシアからの対日有害活動が活発になってきて、各省庁に対外インテリジェンス機関を置くようにプレッシャーをかけてきました。警察にもです。だから、内調相手にわかりやすく捜査一課に別班をつくったわけです」

「やってる感を出せば、それでよろしいってことかしら」

前川は苦笑いした。

「そうした面もないとは言えません。ですが、代わりにある程度の超法規的な捜査には目をつむるという利点もあります。あと、もうひとつ壮大な実験が」

「実験？」

「警察組織は広いですから、馴染《なじ》もうとしない、またはやる気のない者もいます。言わば爪弾《つまはじ》き者ですね。ですが、そうした中には優秀な者もいます」

そこまで話して、前川はナイフとフォークを置いてナプキンで口を拭う。いつの間にか三百グラムのサーロインが平らげられていた。

「その優秀な者たちを、ひとつの部屋に押しこんだら、化学反応が起きないかなと」

「ずいぶんと乱暴な実験ねえ」

里枝子もナプキンで口を拭ってから、横を通ったウエイターにふたり分の珈琲《コーヒー》を注文した。

「前川さん、珈琲でよかったわよね」

「え、ええ」

ニコッと微笑《ほほえ》むと、前川が照れた。

前川が里枝子に好意めいたものを持っているのは、ずいぶん前からわかっている。

珈琲はすぐにやってきた。

「でも、そんなところにどうして私が？　警察署内で、そんなお荷物に思われているとは思わなかったわ」

　皮肉めいて言うと、前川がカップに口をつけてから、ちょっと吹き出した。

「げほっ、ち、違います！　まったく逆です。奥さまを信頼しているからです。奥さまは明治時代から続く警察一家のおひとりで、お父さまや直紀《なおき》さんに続いて、いずれ警察官僚になるでしょう。みなをまとめる力を買っているからこそ、特務班の班長になっていただきたいのです」

　前川は続ける。

「成功したら、大きく出世できます。どうでしょう」

「先ほど、超法規的なことも目をつむる、とおっしゃったわよね」

「ええ……まあ」

「わかりました。命令には従いますから」

「命令なんて、そんなたいそうな……アハハハ」

　前川は運ばれてきた珈琲をうまそうに飲んだ。乾いた笑いだった。

　特務班の部屋の前で、白木里枝子は服のシワを手で直した。

　初対面の印象は大切だ。

里枝子は細身のグレースーツに、少し短めのタイトスカート。初日だからときちんとした格好をしてきたが、別班といえども捜査一課なのだから、こうしたフェミニンな服装はやめたほうがよかったかもしれない。

少し後悔しながら、ドアを開ける。

すると、いきなりお尻が半分くらい見えそうな、デニムのショートパンツを身につけた女性がいてドキッとした。

「ああ、班長さん……おはようございます」

女性が振り返り、ぞんざいに頭を下げる。

ショートの黒髪が艶めいていてとても美しい。そして、里枝子を見つめる切れ長の目が、ゾクッとするほどに冷たい。

黒のダウンの下に着たTシャツの胸元はかなり大きく、里枝子以上に抜群のスタイルのよさを持ち合わせているようだ。警察官とはとても思えぬ、モデルのようなクールビューティである。

この人は……。

そうだ。SITの神崎玲子だ。

先日の爆破事件で初動のミスをしたとして、出向になったと訊いていた。

まさかいっしょに働くことになるなんて。

神崎玲子のことは、夫から訊かされていた。女を武器にして無茶な捜査をすることから牝刑事と陰口をたたかれ、現場の刑事たちからクレームの嵐。倉庫の爆破事件も彼女のスタンドプレーが原因であり、犯人や人質の女性を取り逃がしたと訊いている。

「あなた、神崎さんよね」

里枝子が名前を口にすると、玲子は目を細めた。

「さすが名門一家のエリートねえ。私みたいな跳ねっ返りもご存じなんて。よろしくね、班長さん。里枝子さんでしたっけ?」

髪をかきあげる仕草に、とてつもない色香を感じた。

同性であってもドキッとするようなセクシーさだ。牝刑事という蔑称がまた頭をよぎる。

部屋の中央には机が五つ。部屋の広さのわりに、机の数は少なすぎた。

机には妙なふたりが座っている。

ひとりは肩までの栗色めいた髪がふんわりとカールし、大きくて黒目がちな双眸《そうぼう》と小さな丸顔と相まって、まるでアイドルのような容姿の可愛いらしい子だ。小柄で華《きゃ》奢《しゃ》だが、リクルートスーツのような服の下は、意外に女らしいふくよかな胸のふくらみを見せている。

おっとりしている里枝子も警察官には見えないとよく言われるが、この子もまったく警察官には見えない。年齢もかなり若そうだ。

その隣には太った中年の男性が、マクドナルドのポテトを食べていた。

ぺったりとした頭髪に、なんというか、味わいのある顔立ちだ。

なんとなくキューピー人形を思わせる。しかし、年齢がさっぱりわからない。

このふたりが並んで座っていると、まるでアイドルとアイドルオタクの様相だ。

「あの、そろそろ始まりそうですよ」

アイドルがスマホで時間を確かめてから、太った男に伝えた。

「ああ、食べきれなかったか。よかったら、食べる？」

男がアイドルにポテトを差し出した。

「いりません。こんなへんな時間に間食しないようにしてるので」

「ふうん。確かに細いもんねえ。グフフ」

太った男がアイドルの全身を舐めるように見て、鳥肌が立つような不気味な笑みを見せた。アイドルが引いている。

そんななか、ドアが開いて刑事部長の前川が入ってきた。

厳つい顔だ。里枝子ひとりの前で見せるような、媚《こ》びた表情ではない。

「座りたまえ」

低い声で言う。里枝子と玲子も座る。

女性警官三人に、太った男性警官がひとり。バランスが悪いと思ったら、もうひとり来ていなかった。

すると、ドアの外でドタドタという音がして、ドアが乱暴に開いた。

「遅れたあ。いやいや、申し訳ない」

ドア枠に頭をぶつけそうなほどの長身で、身体つきもがっしりしている。いかにも刑事という風体だ。

どう見てもカタギには見えない。警察官というよりは反社に近い。

「天鬼《あまき》、座れ」

前川が眉をひそめて静かに言う。

「へえい。おう、なんだこりゃ。美人ばっかじゃねえかよ。ラッキー」

座りながら、こちらを一瞥《いちべつ》する。

里枝子は眉をひそめた。

なんて粗暴な男なんだろう。これが警察官なのかしら。

「そろったな。簡単に自己紹介してくれ。ええと、班長の白木さんから」

つい、といった感じで、前川がさんづけした。

里枝子は立ちあがり、軽く頭を下げる。

「白川里枝子警部です。港区芝浦警察署の警備課長をしておりました。よろしくお願いいたします」

「ひゅう。キャリアさんかよ。しっかしいい女だなあ」

天鬼が口笛を吹いた。

里枝子は柔和な顔を強張らせて、目を細める。

「天鬼さん、だったかしら。これからはあなたの直接の上司よ。私の前でそういった口の利きかたは金輪際許しません」

ぴしゃりと言うと、天鬼はバツが悪そうに舌を出した。

続いてアイドルが立った。

「松木莉緒巡査です！　新宿南署交通課に勤務しておりました。あの、特にこれといった特技もないんですが、なんでここにいるのかわかりませんが、よろしくお願いいたします」

緊張している様子で莉緒が、頭を下げた。

隣の太った男が「莉緒ちゃあん」とはやし立ててから「ああ、次は僕か」と立ちあがる。座っているときとあまり背の高さが変わらなかった。

「伊川一郎《いがわいちろう》でえす。情報分析室にいたんだけど……あとはなんだっけ。あ、独身で血液型はB型。乗ってるのはポルシェ。父親が総合病院を経営してるから、ぐふふ」

莉緒を見ながら言う。莉緒の顔が強張っている。

医者の跡取りが、なぜ警察官に？

しかし情報分析支援室にいたということは、それなりにエリートなのだろう。

「若く見られるけど、三十五だから」

みなの顔が「えっ」という形になった。

若いと思ったのではない。四十五くらいに見えたからだ。

続いて天鬼が立ちあがる。

「天鬼達也《たつや》っす。巡査長で組織犯罪課にいました。よろしくぅ。あ、俺も独身だからさあ」

天鬼から色目を使われた。

里枝子は無視した。

「なあ、よろしくな、美人のお姉ちゃん」

天鬼が神崎玲子にも声をかける。まるで物怖《ものお》じしない性格のようだ。

玲子が冷たい目を向ける。

「ちょっと黙っててくれないかしら。汗臭くて、むさい男はキライなのよね」

「ええっ、初対面でそれはないじゃん」

「それはこっちの台詞《せりふ》」

玲子がさらりと言い返し、ふんと横を向く。

天鬼はその横顔を見て目を細めた。

「おい。あんた、もしかしてＳＩＴの神崎じゃねえか。機動隊にいたときに、ちらりと見たことがある」

言われて玲子は天鬼を睨んだ。

まわりがざわついた。莉緒や伊川も玲子を見つめている。

警察内でもＳＩＴの秘匿性は高く、滅多に人前に出てこないからである。

玲子は睨みつけていた表情を、ふっと和らげた。

「ええ、そうよ。ゴリラみたいな見た目なのに、記憶力はいいみたいね」

天鬼の目つきが変わった。

「あ？　大物ぶってんなよ、天下のＳＩＴのエース様さあ。いや元エースか。大チョンボしたらしいなあ」

前川がパンパンと手を鳴らす。

「いい加減にしろ。じゃあ、続いて神崎」

玲子がスッと起立した。

すらりとしたプロポーションに、華やかで彫りの深い、誰が見ても美人だと惚《ほ》ればれするようなルックスだ。ちょっと気圧《けお》されてしまう。

「神崎玲子よ。よろしくね、みなさん」

笑顔も実に妖艶だ。

自己紹介が終わり、前川が話を始める。

「早速だが、今、話に出た先日の倉庫の爆破事件だ。マスコミには女性の失踪事件のことは伏せてある。詳しくは机の上の資料を見てくれ。あの事件は無免許の男が倉庫にダンプで突っこんで、そこにいた無職の連中が焼死体で見つかった、ということにしてある」

天鬼が資料を見ながら言った。

「なんだ、この組織的な誘拐の可能性って」

「あくまで可能性だ。国内の組織、または他国もからむ可能性もある。公安が出ると目立つために、このこぢんまりした班がつくられたのだ」

前川がもっともらしく言うが、里枝子はそのほかの内実を知っている。

有能だが、協調性も常識も欠けている、爪弾き者たちをかけ合わせたときの化学反応を警察は見たいのだ。里枝子はその暴走を抑える役なのだろう。

前川が続ける。

「今後、陣頭指揮は班長の白木さんが取るとして、神崎」

「はい」

「東京湾岸医療センターに潜ってくれないか？」

里枝子は驚いた。例の潜入捜査というのは本気だったようだ。上層部がよくこんな許可を出したものだと里枝子はあきれた。

3

一カ月前。

新宿の区役所通《くやくしょどお》りの裏手の喫茶店で、玲子は公安の榊原《さかきばら》と会っていた。

榊原は玲子が機動隊にいた頃の上司で、彼がＳＩＴに玲子と小玉を推薦してくれたのだ。

「東京湾岸医療センターに潜ってくれないか？」

珈琲をひと口飲んだところで榊原が切り出した。相変わらずの好色そうな目つきで、テーブルに置いた玲子の手を握ろうとする。

玲子はその手を引っこめて、フンと鼻で笑った。

「ナースにでもなれっていうの？」

東京湾岸医療センターは、正式名称を東京帝都医科大学付属《ていといかだいがくふぞく》湾岸医療センターと言い、江東《こうとう》区にある病床数八百ほどの大学病院だ。

「いかに記憶力のいいおまえでも、短い時間で医学を頭にたたきこむのは難しいだろう。医療事務兼広報だ」

榊原が空振りした手を引っこめた。

五十のおじさんにしては、まあダンディなほうだろう。ただ、一度だけ寝たときのねちっこい愛撫《あいぶ》はガマンできなかったので、それ以来、榊原の誘いは断っている。

「東京湾岸医療センターねえ。やけにあの看護師にご執心なのね」

あのあと……突っこんできたダンプの爆風を受けて、玲子とＡ班は全治二週間ほどの火傷《やけど》を負った。

闇バイトと目されていた男たちは、三人とも焼死。

遺体の損傷がひどく、いまだ身元がわからないでいる。

スーツを着た男たちが拉致したのは、東京湾岸医療センターに勤める紺野結愛という人妻だったことがわかった。彼女はスーツの男たちとともに、倉庫に突っこんできた別のミニバンに乗って行方をくらました。

バンは周辺の防犯カメラにも、Nシステムにも引っかからなかった。

そもそも白のハイエースで、目立たなかったというのもある。ダンプも二日前に足《あ》立《だち》区の建設業者から盗まれたものだった。

銃弾から、使用された拳銃はロシア製のものとわかったが、これも入手経路があまりに多くて絞りこめなかった。

「紺野結愛の場合だけ、彼女を狙った痕跡がある。あとのふたりはおそらく容姿で選んだだけじゃないか。共通点がない」

「どうしてそんなことがわかったの？」

「A班がそれを訊いた。ちなみに紺野結愛以外のふたりをさらったのも、その身元不明の男たちらしい」

「ふうん。それで……東京湾岸医療センターに目をつけた理由は？」

「東京帝都医科大は付属の湾岸センターと組んで脳の研究を続けている。最近は脳にチップを埋めこむなんて話が出ていて騒しい分野だ。米国ではイーロンがご執心だが、湾岸センターは中国の企業がバックアップしている」

「で？」

「その企業にはあまりよくない噂《うわさ》がある。病院もそうだ。そんななか、その病院の看護師が拉致された」

榊原があっさり言った。

「それだけ？」

「そうだ。何かあると公安はにらんでいる。だが、まったく証拠がない。証拠がないから公安は動けない。そこで、牝刑事に潜入捜査をさせようと思ったわけだ」

玲子は小さく舌打ちした。榊原は肩をすくめる。

「おまえらしくもなかったな、あれは。油断したわけじゃないだろう？」

玲子の心に小さな針が刺さる。

あのとき……。

玲子は高校生のときに、銀行強盗の立てこもりに遭遇して人質にされた過去があった。アルバイト代金の振込用に口座が必要になって、その開設に後輩の沙織《さおり》とふたりで訪れていたのだ。

犯人の男たちは五人で、拳銃で行員や客を脅した。

ところがだ。当時から銀行の防犯システムと訓練は完璧で、おそらく行員がすぐに通報ボタンを押したのだろう、警察は五分もしないうちに銀行を囲んだ。

そのまま玲子は沙織とともに銀行内に監禁された。

行員と客は一カ所に集められて、ずっと身を寄せ合っていた。

犯人たちはむやみに危害は加えなかった。だが……ひとりの男が、玲子をじっと見つめているのに気がついた。

ハッとした。そのとき高校の制服を着ていたのだが、ミニスカートがまくれて白い太ももとパンティが見えてしまっていたのだ。

慌ててスカートを直しても遅かった。

「へえ、ＪＫにしちゃあ、いい脚してるじゃねえか。しかも、すげえ美人だなあ、お姉ちゃん」

玲子に男の手が伸びてきた。

「いやっ!」

とっさに玲子は男の指を取り、力いっぱいねじあげた。

ボキッといやな音がした。折れたのだろう。玲子は護身術を習ったことがあるし、スポーツは万能、気の強さもかなりのものだった。

「ぐぎゃ、このアマッ」

殴りかかってきたのをなんとか避けて、玲子はローファーの爪先で、男の股間を蹴りあげた。

睾丸《こうがん》をえぐられた男は、そのまま倒れこんだ。さらに蹴ろうとしたときだ。

「いやあああ! た、助けて、センパイ!」

沙織にナイフが向けられていた。大事な後輩の命が危ない。もう抵抗もできなかった。

股間を蹴られた男がようやく立ちあがり、玲子に平手打ちした。

「信じられねえな、このアマ。なんか格闘技でもやってんのか。おい、こいつには手錠かけとけ」

後ろ手に手錠をかけられた玲子は、沙織とともに男たちに抱きかかえられた。

「どうせ警察に囲まれてもう逃げられねえんだ。二階にこいつら持っていって、たっぷり楽しんできな、交代でな」

リーダーらしき男が、ニヤリと笑って言った。

「い、いいんですか？」

「ひゃっほお、ＪＫだ、ＪＫ。しかもふたりとも、いい女だぜ」

「ああ、特にこっちのじゃじゃ馬はモデルみてえなキレイな顔してるぜ、超Ｓ級だ」

男たちに担がれ、二階に持っていかれて、玲子たちは粗暴な男たちに制服を剝《む》かれた。

女に飢えていたのだろう、男たちの仕打ちはすさまじかった。

乳肌に痣《あざ》ができるほど乳房を揉みしだかれて、まだ濡れていない膣を、指で乱暴にかき混ぜられた。

沙織が泣き顔でこちらを見ていた。

ごめん。

私に力がないばかりに……。

そして、後ろ手に縛られたまま、うつ伏せにされて、ヒップを掲げる恥ずかしい格好にされた。

こんなの……初めてがレイプなんて……こんなの……。

気が触れそうなほどの恥辱と絶望に涙すらもかれかけたそのとき、ガチャンとガラスが割れて、ドラマで見るような特殊部隊らしき、防弾チョッキにヘルメット、覆面をした人たちが突入してきた。

「大丈夫？」

ひとりに声をかけられた。

その人は女性だった。しかも小柄だ。

だが、その女性はあっという間にふたりの男を素手でやっつけた。

まるでスローモーションのようだった。

さらに女性は男の腕を取ってねじりあげた。ごっ、という鈍い音がして、そのまま男は失神した。

「確保！　ねえ、下の三人も……確保できたのね。よかった」

女性は襟元のマイクで会話しているようだった。

すごい……。

玲子はその女性の美しい顔をまるで女神のように思いながら意識を失ったのだった。

それからだ。

玲子は高校を卒業してすぐに公務員試験を受けた。彼女のような強い女性になりたかった。今度は沙織を守りたかった。

そのときのトラウマがあり、女性が性暴力を受けているのを目の当たりにしてしまうと歯止めが利かなくなってしまう。まさに今回の倉庫の一件がそうだった。

ちなみに彼女の名は、椎名香織《しいなかおり》。今は公安にいて、香港《ホンコン》に潜っている。


「これが潜入内容だ」

榊原にタブレットを渡された。

東京湾岸医療センターの医療事務兼広報の仕事内容や、ざっくりとした目的が書かれていた。

「拉致された女性の手がかりを探すだけじゃないの？」

「いや、潜入ついでに東京湾岸医療センターのことも探ってもらいたい。内調やら公安からの分析も入っている、ついでに外務省も」

玲子が顔をあげる。

「バックがおどろおどろしいわねえ。ところでそれを全部やれっていうの？　ちょっと欲張りすぎじゃない。私は潜入捜査なんかやったことないんだから」

「それがＳＩＴに戻せる条件だ。それと……」

「まだ何かあるの？」

榊原がすっと手を握ってきた。今度は逃げられなかった。

「プラス、ひと晩、俺につき合うこと。どうだ、今夜は俺の中に潜入捜査……あてて」

玲子が榊原の手をひねり、その手のひらにレシートを握らせる。

「そんなに安くはないわよ。それよりサポートは？」

「……新しい部署をつくる。五人くらいのこじんまりした班だがな。わりと優秀なヤツらだ。優秀すぎてついていけないが。この五人には中国のことは伏せて、あくまで失踪した看護師の行方を追う体《てい》だ」

榊原が笑みを浮かべる。まだ何かあるな、と玲子は直感でわかった。榊原はただのスケベオヤジではない。食えない狸《たぬき》だ。

「わかったわ。で、ツールの用意は？」

「戸籍謄本、運転免許証にパスポート、クレジットカードと当座の現金を用意しておく」

「偽造なの？」

「いや、外務省と大使館につくらせたから、本物と言ってもいいだろう。あいつらには女を紹介してやった貸しがあったからな」

「人気はフィリピーナだっけ？」

「いや、最近は韓国だ。K-POPアイドルみたいな子が好みらしい」

あきれた会話だ。

4

特務班が初顔合わせをした次の日。

里枝子は昼過ぎに、本店の近くにあるいつものカジュアルなイタリアンレストランに、特務班のメンバーである天鬼と伊川を誘った。

玲子と莉緒も誘ったのだが、用事があるとのことで欠席だ。メンバー四人の人となりを早くつかみたかったのだが、しかし、玲子と天鬼をいっしょにすると派手に衝突しそうだったから、これでよかったのかと思う。

「さすがセレブな奥さんっすねえ。こんな洒落《しゃれ》たところで飯食ってるなんて」

天鬼がスマホを取り出して、部屋の写真をバシャバシャと撮りはじめた。ヤクザみたいな風体に似合わず、ミーハーらしい。個室を取っておいてよかった。

「何食べよっかなあ」

伊川はまるっこい顔でニコニコしながら、メニューを食い入るように見つめている。

こちらは子どもみたいだ。遠慮も分別も見当たらない。欲望に対してストレートな感じだ。

「僕、ペペロンチーノにブルスケッタ、あとこのミラノ風ピザがいいな」

「あん？　なんでおめえが全部決めるんだよ」

「ひとりずつでしょ？」

伊川がきょとんとした顔で言う。

「あの、ここのピザとかパスタは意外に大きいわよ」

里枝子が慌てて言う。

「そう思って、少なめに頼んでおいた」

これで？

思わず伊川のころころした体型を眺めてしまう。

訊くと、天鬼はスマホをしまってメニューをパッと見た。

「あの、天鬼さんは？」

「俺は、なんかわかんねえけど、この辛そうなヤツでいいかな。それとビールをグラスで」

　里枝子は顔を引きつらせた。

「ちょっと。まだ勤務中よ」

「大丈夫っすよ。一杯くらい気つけにいっとかな。昨日も朝まで飲んでたから、迎え酒で」

　伊川が顔を曇らせる。

「うわっ、どおりで酒臭いと思ったあ。シャワーとか浴びずにそのまま来たんじゃない？」

「ああん？　全身ホルモンみたいなヤツがうるせえよ」

「脳筋ゴリラよりマシ」

「誰が脳筋ゴリラだ。てめえ、俺を誰だと思ってるっ」

「ちょっと。やめなさい。ホントにもう」

　里枝子がぴしゃりと言う。今日だけだと念を押し、ウエイターを呼んでビールを頼んでやった。

　注文が来る前に、自分も白ワインを飲みたい気分だ。拉致された紺野結愛の写真をふたりに見せる。

「おおっ、キレイな奥さんだなあ。いや、里枝子さんには負けますけどね」

天鬼が写真を見ながら言う。

「ふうん。特に変わったところはないみたいだけど。ちょっと目の下にクマがあるのは元からかなあ。たぶん整形だね」

伊川が天鬼から写真を奪い、そんなことを言い出した。

「わかるの？」

「ほら、右の目尻。切った痕がすごく微妙に残ってる」

里枝子は写真を返してもらい、じっと見た。

わからなかったが、目をこらしてみると、確かに不自然なところがあった。

一瞬でこれがわかったのか。

性格は子どもでもさすが分析官だ。

「それで、天鬼さん、拉致された被害者の持ち物なんだけど」

里枝子が尋ねる。

天鬼は運ばれてきたビールを呷《あお》りながら、左手をひらひらさせた。

「全然だめっす。証拠品保管庫には入れてくれたんだけど、見せてくれなくて」

言いながら、天鬼は内ポケットからビニール袋に入った薄いピンクのふたつ折り財布を取り出した。

「だから、こんだけ持ってきた」

里枝子はむせた。

「ちょっと！　ねえ、これって証拠品でしょう！」

里枝子が怒ると、天鬼は口をとがらせた。

「管理官に知り合いがいたんすよ。どうしてもこれ以上見せられないからっていうんで、しゃくに障るから財布だけ持ってきた」

里枝子は頭を抱えた。

証拠品を持ち出すなんて。

「あのねえ……」

ため息をつきながら、里枝子が財布を開けたときだ。

「あれ、これ……」

伊川が失踪者の紺野結愛の財布から、カードを一枚取り出した。

真っ黒なカードだ。

何も書かれていない。

「ああ、俺もそれは訊いたんだけど、カードがなんなのかわかんなかったってよ。磁気も何にも入ってないからって」

「ミストレスのカードだ」

伊川が急に言い出した。

ふたりもカードをマジマジと見た。

「このカードのこと、知ってるの？」

「うん。これ、ブラックライトを当てると会員番号が浮かぶよ」

伊川がストローで、オレンジジュースを一気に吸いあげてから、げふっ、とゲップをした。天鬼が首をかしげる。

「一課の連中も、ブラックライトも当ててみたって言ってたけどなあ」

「右上にしばらく当てないと出てこないよ。秘密厳守だからね」

「伊川さん、なんの会員カードなのかしら」

里枝子が訊く。

「ん……SMバーだけど」

あっさり伊川が言った。

第三章　人妻刑事

1

羽田道代《はねだみちよ》は病院の通路を歩きながら、不安に胸を締めつけられていた。

旧南棟は、今は使われておらず、古い設備がそのままになっていると聞いている。そこに来るように言われたのだ。

誰もいない深夜の病棟は不気味だ。

道代は何度も振り返り、戻ろうかと考えた。

だが愛する夫のことを思うと、それはできなかった。

手術室と札のあるドアの前まで行き、重いスライドドアを開いた。

おそるおそる中に入る。

いきなり無影灯がついた。その下には産婦人科の分娩台《ぶんべんだい》のような器具がポツンと置かれている。しかも革ベルトで脚を固定するようにできている。おそらく昔の器具なのだろう。不気味だ。

まぶしさに顔をしかめていると、目出し帽を被った白衣の男たちが立っていた。

「お待ちしておりましたよ、奥さん」

目と口を出しただけの覆面だ。ぎょろりと動く目が強調されていて気持ちが悪い。

「あ、あなたは誰なんです。ホントに主人は助かるのですか？」

「よけいな詮索は無用です」

男に言われて、道代はギュッと両手を握りしめる。

道代は商社に勤める夫と五年前に結婚した三十二歳の専業主婦だ。子どもはまだいないが、幸せな結婚生活だ。

だが夫は一年ほど前から腎不全で、移植手術が必要なほど悪化していた。

手術の順位には様々な要因がある。まずドナーとの医学的な適合条件などを満たさなければならない。

それを待っていたら、夫の容体はどんどん悪くなってしまう。

そんなときだ。夫の腎移植を優先的にするという電話が、道代の元にかかってきたのは……。

最初はイタズラだと思ったが、男の言う夫の診療録――つまりカルテの内容が本物だったので、道代の気持ちは揺れた。

一週間悩んだすえに、謎の男の誘いに乗った。その男の交換条件……それは……。

「では奥さん、服を脱いでください」

男の抑揚のない言葉に、道代はその美貌を強張らせた。

裸にされる……。

いや、そればかりではすまないだろう。

男たちの目が、道代のブルーのワンピースの上から、胸元や腰のあたりを這いずっていた。

目尻の下がった優しげな顔立ちは、いまだに町中を歩けば若い男が声をかけてくるほどの美しさであった。

細身ながらも、胸元やヒップは女らしいまるみを描いており、同性からもうらやましがられるスタイルのよさであった。

「どうしました。決意したから、ここに来たんでしょう？」

男に言われて、道代は唇を嚙みしめた。

本当はやめようと思った。

見ず知らずの男たちに、自分の身体を差し出すなど。

しかし覚悟したことではないかと、長く艶やかな黒髪をかきあげてから、震える声で男たちに向かって言った。

「ホ、ホントに……約束してください、必ず夫を助けると」

「フフ。藁《わら》にもすがる思いとはこのことですね。いいでしょう」

別の男が一枚の紙を見せてきた。

臓器移植患者登録証明書。それが本物だという証拠はない。だが、それにつかまなければ夫の命はないも同然だ。

「よろしいですかな。もう一度だけ言います。私たちの前で服を脱いで、奥さんの裸を見せてください」

冷たい声で言われた。覆面の男たちは三人。その後ろには三脚のビデオカメラが用意されている。

ああ、服を脱ぐだけでなく、撮影までする気なのね……。

再び唇を嚙みしめる。

しかし、もうここまで来てしまったのだ。道代は震える手でワンピースの前ボタンを外しはじめた。すべてを外し終えて肩から滑り下ろし、中腰になってブルーの布地を足下に落とした。

「そのまま、まっすぐに立ちなさい」

男に言われて、道代は胸と下腹部を手で隠しながら、背中を伸ばした。

ブラジャーとパンティは、上品な人妻によく似合うアイボリーだ。清楚な雰囲気を漂わせているのに、バストやヒップは悩ましく成熟している。光沢のあるパンティストッキングに包まれた太ももや白い二の腕はムチムチして、いやらしい限りだ。

そんな肢体を男たちは舌舐めずりしながら、撮影までしている。

うつむいた道代の美貌は早くも羞恥で真っ赤になっていた。

「次は下着だ。まずはブラジャーを外してください」

男の声が興奮でうわずっている。

道代はためらっていたものの、観念して両手を背中にまわした。ホックが外れてブラカップが緩むと、巨大な胸のふくらみが露になる。

「いい乳房だ。素晴らしいですよ。次は下だ。すっぽんぽんなるんですよ、奥さん」

言われて道代は唇を嚙みしめつつも、パンストとアイボリーのパンティに手をかける。

男たちの視線がいっそうきつくなった。

「くっ……」

好奇な視線にたえられず、道代は目を閉じ、言われたとおりにゆっくりとパンストとパンティを下ろしていく。

「あ……あ……」

あまりの羞恥に声を漏らさずにはいられない。見ず知らずの卑劣な男たちの目の前でストリップをするなど、死んでしまいたくなるほどの羞恥だ。

道代は震えながら、まるまった下着をパンプスの爪先から抜き取った。

「気をつけですよ、奥さん」

男の言葉に道代は両手を下ろす。

釣鐘型の美しいバストとうっすらとした恥毛が露になり、男たちの目がギラついた。

「美しいプロポーションだ。それでは奥さん、そこの台に座って大きく脚を広げなさい。パンプスはそのままでいいですよ。すらりとした脚によく似合いますからね」

目の前の分娩台が、まるで拷問器具のようだ。

あそこに座り、両脚を広げる……想像しただけで失神しそうだった。

しかし、もう逃げられないのだ。道代は唇を嚙みしめながら、ゆっくりと分娩台に座った。座面と背中の革がひんやりとする。

「さあ、脚を広げて、そして膝をその足台に乗せるのです」

左右に一脚ずつ、両膝を曲げて乗せる台がある。ここに両脚を乗せたら男たちの前で恥ずかしいM字開脚を披露することになる。

「ゆ、許してください。は、裸は、裸は見せたはずです」

「困りますね、ここまで来て」

男が顎で指示すると、残りのふたりの男が道代を無理やりに押さえつけながら、脚を広げてきた。両脚が開いたまま革のベルトで拘束された。同じように両手もひとつにされて、バンザイするようなかたちで革ベルトで拘束されてしまう。

「いやあああ！　お、お願いっ……もう許してください」

道代が暴れるも、拘束具は頑丈だった。両脚を左右に大きく広げ、恥部をまる出しにした無残な格好から逃れられない。

「ククッ。恥ずかしいのは今だけですよ、奥さん。すぐにもっと見て、と腰を振るようになりますから」

「な、何を……アッ！」

男に腕を押さえられたと思ったら、チクッとした痛みが二の腕に走った。

「フフフ。そのうち痛みも感じなくなる。というか、痛みは快楽に変わる。どんな激しいプレイも、奥さんにとって最高の快楽に変わるのですよ」

男が奇妙なことを口走った。

そのうちに目眩《めまい》がして、意識がぼんやりしはじめた。

2

「なぜまたウチの関係者を狙うんだね。先日のナースといい、立てつづけに失踪者が出れば警察に不審に思われないか。何があった?」

東京湾岸医療センターの脳診療外科医の診療部長、田渕昭博《たぶちひろあき》は苦虫を嚙みつぶしたような顔で言う。

モニターには分娩台に括られた美しい人妻が、三人がかりで輪姦されているシーンが映っている。

口ひげを生やしたダンディな診療部長も、羽田道代のレイプシーンをリアルタイムで見て、ズボンの上からイチモツをふくらませている。見事なプロポーションとモニター越しにも漂ってくるような人妻の色香がたまらない。調教の順番でなかったのが悔やまれる。

「申し訳ございません。まさかのイレギュラーでして。先日いらっしゃったＳＬＧのハオ氏が偶然、彼女を見初めて、あれがいいと」

広報部長の冴島《さえじま》弘樹《ひろき》は、頭を下げる。

ＳＬＧとは正式名称Ｓｈａｎｇｈａｉ Ｌｉｆｅ Ｇｒｏｕｐ（上海長壽群）。中国の大手製薬メーカーである。中国の医療分野が拡大している背景は、日本と同じように高齢化があり、政府が健康分野では初の中長期的国家計画「健康中国二千三十」を発表したために医療に国家予算が大きく割かれているのだ。

そのＳＬＧは、東京湾岸医療センターが三年前から提携し、脳科学分野への投資を行ってもらっていた。

「ハオさんが……フン、あの人も好き者だなあ。知ってるか。あの人、根っからのドＳで、たたいて喜ぶ女しか興味がないんだと」

「なら今回の計画には持ってこいでは？」

冴島が低く笑う。

田渕も笑おうとしたが、うまく笑えなかった。

実験台となった女がどういう末路を辿《たど》っているのか。研究室のことを田渕はよく知っているからである。

しかし、恐ろしいものをつくろうとするものだ。中国人のやりかたというものは徹底していると改めて身震いするばかりである。

こちらとすれば、研究の精度が飛躍的に向上したのだから喜ばしい限りである。科学の進歩には犠牲はつきもの——と開き直るしかない。

「それで、最初に売られた女はうまくいかなかったんだな」

田渕の言葉に冴島を即座に返答した。

「ええ。台湾《タイワン》に送ったのはいいんですが、途中でだめになりました」

「そうか。じゃあ、まだまだいい女は必要というわけか。しかしこの女の失踪も表沙汰になると、警察はいよいよウチをマークするだろう？」

田渕は口ひげを触りながら言うと、冴島が淡々と返答した。

「黒川《くろかわ》氏には連絡ずみですので、検察は押さえられます」

「元検察のＯＢか。検察はいいとして、じゃあ、警察を黙らせられるのか。マスコミはどうだ？」

「マスコミはＳＬＧのほうから手をまわしてもらっています。とにかく日本のメディアは外圧にはからっきし弱いらしいので」

冴島は元大手広告代理店にいた。マスコミのことは熟知している。

「警察は？」

「そこは院長が」

「院長？」

「日本医学会が、警視庁への圧力を」

冴島の返答を訊いて、田渕は顔を曇らせる。

「なんだ、そのルートは」

「献金と女だそうです」

「単純だなあ」

「警視監と院長は、高校時代の同級生で、院長がだいぶおごってやったりエロ本をまわしたりしてやったそうで」

拍子抜けした。しかし、圧力というものは案外そんなものだ。

「あああっ……あぁっ……はあああ、もっと、もっとおぉ！」

いつの間にかモニター内の人妻は、大きな瞳を潤ませながら、自ら男の上で腰を振っていた。

エロい。エロすぎる。やはり人妻はいい。

清楚な顔をしていても快楽を知っている。どんな女も本性はスケベだ。

つくづく今日が順番でなかったことを田渕は呪った。

3

三月初旬。

玲子は東京帝都医科大学付属湾岸医療センター、通称「東京湾岸医療センター」の事務員兼広報として採用されて一週間が経《た》っていた。

東京湾岸医療センターは江東区の豊洲《とよす》にある病院で、病床数は八百を超える大規模な総合病院だった。

元々は帝都医科大のある水道橋《すいどうばし》駅近くにあったのだが、二〇〇二年に豊洲に移転した。当時、豊洲は工業地帯だったが、豊洲・晴海《はるみ》開発整備計画が立ちあがり、住宅地や商業地への移行が進んだ。

移転した当初は、荒れ地にポツンと大きな病院が建っていただけらしい。

ところが今や高層オフィスビルやタワマンの建設ラッシュで東京でも人気の住宅地

となった。東京湾岸医療センターは先見の明があったと言える。豊洲という立地がよかったために、芸能人、著名人、財界人、政治家たちがこぞって利用する日本有数のセレブ病院になった。

今や高度な医療を提供する特定機能病院として国に認定され、特に脳科学の分野では世界的にも最先端だという。

政治家がからむからこそ、警察の調査はやりにくい。

それもあってわざわざ新規の班までつくって、今の日本の法律ではグレーの潜入捜査を行うことになったのだ。

内調や外務省、米国からの圧力と言っていたが、玲子はほかにも理由があると思っている。おそらく検察との権力争いだ。このところ検察は政治家の裏金などで派手に目立っているが、警察には目立ったところがない。

要は警察も威信を見せたいというところで、潜入捜査というグレーな捜査方法を確立させる賭《かけ》に出たのだろう。

まあ牝刑事には、潜入捜査なんて汚い仕事がお似合いだと思う。

「すみません。第二外科病棟というのは？」

玲子が受付にいると、年配の男性が尋ねてきた。

「はい、そこを右手に曲がって……」

落ち着いた声で案内する。最初は慣れない受付で戸惑っていたものの、少しずつ余裕ができてきた。

「仁科《にしな》さんって、どうしてこんなところで働いてるの？」

河合美穂《かわいみほ》という事務員が、椅子ごと身体を近づけてきた。

玲子の潜伏名は仁科玲子。

二十八歳。世田谷《せたがや》のマンションでひとり暮らし。

公務員のカレがいて結婚を考えている……という設定だ。事務員としてねじこむために民自党《みんじとう》の猪俣《いのまた》というベテラン議員から、東京湾岸医療センターの理事に電話をさせていた。

猪俣は元厚生労働省《こうせいろうどうしょう》の副大臣だ。かなりのコネだろう。カレがたまたま知り合いだったということにしてあった。

「特別な資格がいらないし、なにより白衣って着てみたかったから」

玲子はワンピースタイプの白衣の上に、ピンクのカーディガンを羽織っている。珍しく白衣がパンツではなくてワンピースなのがいい。

玲子のようにヒップが大きいと、ズボンがパンと張って、パンティラインが浮いてしまう。そんなことで目立ちたくはない。

「いいなあ。カレシが官公庁の職員って、余裕があるわあ。結婚したら公務員住宅に入るんでしょう？」

適当に話をしていたら、いつの間にかそんなことになってしまった。

「うん。そうだけど」

「ああん、うらやましい。いいなあ、コネがある人は不公平だわ」

いや、ふつうに生活できているのもうらやましい、と玲子は思う。

SITのときは、常にピリピリして生きてきた。

今も潜入捜査官であることで休まることはない。この湾岸医療センターがどこまで拉致に関与しているかわからないが、何かあることは間違いない。自分の勘はよく当たる。

「そんな、別にコネなんて。たまたまよ」

「たまたまでもいいわあ。私のカレも脳神経学科だったらなあ。待遇が全然違ったのに」

美穂がため息をつく。

「そんなに違うの？」

「ここではね。なんといっても脳神経学科の小野寺《おのでら》さんがいるから、いろんな国から投資も集まるって」

中国の大手製薬会社が全面バックアップしているのはわかっている。

「ふうん」

「なんか脳神経学科が中心となってる、エリート医師たちの派閥があるらしいんだけど」

「なんてとこ？」

「清風会、だったかな。でも、見たこともないからあくまで噂なんだけど」

せいふうかいか。

覚えておこうと思ったときだ。

「おねえちゃん、会計番号出てるけど、ええかな？」

派手な服の中年男が現れたので、玲子は慌てて診療報酬の請求準備をする。

「失礼しました」

「おおっ。キレイやなあ、おねえちゃん。名前はなんて言うの」

「すみません、そういうのは勤務時間中には」

「じゃあ、勤務時間外ならええ？　今日は何時であがりなの？」

男が馴《な》れなれしい口調で言ってくる。

いかにも半端な遊び人といった感じで、ファッションもごついネックレスにジャージというチンピラ風情だ。

「度会《わたらい》様、三千九十二円になります」

「今度飲みに行かへん？　寿司《すし》でもどうや」

いい男か、金を持っている男ならいいけど、こんな安っぽい男と行くつもりは毛頭ない。

「けっこうです」

「つれへんなあ。ほんなら、イタリアンか？」

「お断りします」

「じゃあ、ステーキか」

「あの、ほかのお客様がお待ちですので」

「あかんなあ。そんな冷たい態度取らんでもええやん」

男がニタニタしながら、手を伸ばしてきた。

手でも握ってからかおうとしたのだろう。

本能的なものだった。

玲子はその手をつかんで、ぐいと軽くひねりあげてしまった。

「いててて！」

男が悲鳴をあげる。ほかの客たちがこちらを見た。まずい。

「大丈夫ですか。どうなさいました？」

受付から出て、手を押さえてうずくまっている男に近づき介抱してやった。警備員が小走りにやってきた。

「あてて。ええて、なんでもないから」

中年男たちは警備員たちに苦笑いを見せて、そのまま玄関から出ていった。

「玲子ちゃん、強いのねえ」

美穂が受付の椅子に座りながら、呆然《ぼうぜん》とした顔を見せる。

「いや……あの、別に、なんにもしてないですけど」

慌ててか弱い女性のフリをする。

「どうしたね。何かあったかな」

恰幅のいい男が玲子の前に現れた。

ストライプの派手なスーツを身につけている。

広報部長の冴島弘樹だ。年齢は四十二歳。茶髪でちゃらちゃらした風体は古い業界人、いわゆる広告代理店の営業マンだ。

玲子は広報も担当しているから、いちおうの上司でもある。

「あの、ちょっと具合が悪くなった方がいたようで」

「えっ？　それは大変だ。どこに？」

「すぐに治って、足早に出ていかれました」

玲子の言葉に冴島は首をかしげる。

「ふうん。ああ、そうだ。仁科くん、中の案内がまだだったね。どうかな、今から」

「え？」

「大丈夫ですよ。今の時間は混んでないから」

美穂が口を挟む。

「じゃあ、決まりだ」

玲子は冴島と並んで通路を歩いていく。

東京湾岸医療センターは晴海通りにあり、十一階建ての本館と研究室のある南館の建物と建物を渡り廊下でつないでいる。

埋立地に早い段階で建築したので、土地の高騰している豊洲の建物にしては中庭が広い。高層階からはレインボーブリッジや埠頭が見えて眺望はとても美しい。

「キレイな病院ですよね」

玲子の言葉に、冴島はにんまりと笑う。

「そうだな。都会にしては広さも申し分ないし。やはり患者さんにとっては環境や景色のよさも大事だと思うから。それは日本人ばかりの話ではなくってね。昨今のインバウンド需要の中に、観光だけでなく医療も入ってきた」

「医療のインバウンドですか？」

「ああ。中国人の爆買い、なんて言われたのはひと昔前のこと。今の富裕層は日本の検診や人間ドッグ、また日本の先進治療を受けたいとして『医療ツーリズム』なるものを組んで日本にやってくるんだ。日本の医療水準は高いからね」

そういえば、年々医療ビザの発行が増えていると聞いたことがある。

世界的に「日本ブランド」に対する信頼はここでも厚いのだろう。なるほど「医療」も「売れる」のだ。

「それで英語版、中国語版のプロモビデオをつくろうとしているわけですね」

「うん。それで、キミにもいろいろ助けてもらいたい。英語が堪能《たんのう》でしかもスラリとしたスタイルで、艶々した黒髪も実にいい。まさかこんな素晴らしい美人が広報として入ってくるなんて、ラッキーだったよ」

冴島は臆面もなく玲子の白衣姿を舐めるように見つめている。

ストレートなセクハラだが、まあスタイルのよさとルックスを褒めてくれているから許そう。

本館の各階をまわってくれたので、医局などにも挨拶できた。

それにしても、さすがセレブ病院だ。

ICUには最新の医療器機があり、より高い空気清浄度が求められる手術室においてのBCR(Biological Clean Room)もクラス1から2を実現できている。

屋上にあるドクターヘリも、欧州で承認が下りたばかりの川崎重工《かわさきじゅうこう》とエアバス社の共同開発した「BK117シリーズ」の最新型であった。

ちなみにBK117の軍用機版がアメリカ陸軍UH-72ラコタであり、軽量ヘリとしてはコスパと汎用性の高さで、陸軍航空戦力における基幹ヘリコプターとして使われている。

「すごいですね。最新鋭の設備ばっかり」

ひととおり見てから玲子は、研究室のある南館の渡り廊下前で言った。

「研究室も見学できるんですか?」

「さすがに研究室は研究員以外入れない。仁科さん、脳科学に興味が？」

冴島が興味深そうに聞いてくる。

「世界的な権威がいらっしゃる研究室ですから、興味はあります」

「なるほど。だけど、ここだけは僕らでも入れない。かなりセキュリティは厳しいらしいから」

ふいに窓から、古い建物が目に入った。ずっと気になっていた建物だ。

「旧南館はもう、まったく使われてないんですか？」

冴島も窓を見た。

「ああ。使われていないね。電気も水道ももう入っていないはずだ。そのうちに立て壊して駐車場にすると聞いている」

「もったいないですね。立派な建物そうなのに」

「まあね。しかし、仁科さんは研究室とか旧館とか、妙なところに興味があるんだねえ。医療系の学校を出た人はウチの最新鋭の医療設備に興味持つのに」

「私、建築物も好きなので。特に古い建物に興味があって。失礼しました」

「なるほど、建築ねえ。多趣味なんだね」

冴島が顎を触りながら笑う。玲子は目を細めた。

「多趣味と言いますと」

「さっきのしつこい客を撃退したのは、合気道だろう？　しかもかなりの腕前らしいから。もし習っているなら、ウチのナースたちにも講習つけてもらいたいなあ。最近は手を出してくるようなクレーマーも多いからね」

ドキッとした。遠くから見て合気道とわかったのか、この男は。

「いえ、そんな。ちょっとかじっただけですから。人に教えるなんて」

「それにしても合気道ってすごいねえ」

玲子は笑みを浮かべながら少し緊張した。

たんなるチャラ男ではないらしい。

4

夜十時。

天鬼と里枝子は新橋《しんばし》の寂れた路地にいた。

新橋は最近、若者向けの派手なキャバクラやガールズバーが増えてきたが、老舗《しにせ》も多い。

SMバーのミストレスもそのひとつだ。

「ここなんですか？」

看板もない黒いドアの前で、里枝子が訝《いぶか》しんだ顔をする。

「そうみたいっすね。しかしあのキューピー人形、こんなところに来てるのか」

天鬼が言うと、里枝子はますます顔を曇らせる。

まあそうだろう。警察官といってもキャリア組である。しかも、警察庁の局長クラスを父親に持つセレブな人妻だ。こんないかがわしい現場は初めてだろう。

それにしても、いい女だよなあ。

天鬼は改めて里枝子の全身を眺めて股間を熱くさせてしまう。

肩までの艶々した黒髪に、タレ目がちだが、ぱっちりした双眸。テレビで見るような女優みたいな美しさである。

しかも三十九歳とは思えぬ若々しさと、熟れた女の色香の両方を携えていて、改めてこれが警察官なのかと信じられない気持ちだ。

「ねえ、天鬼さん、ここまでしなきゃならないのかしら。私、やっぱり着がえてきても……」

里枝子が恥ずかしそうに太ももをよじらせる。

里枝子は黒のレザージャケットに、同じくレザーのタイトミニスカートというかなりキワドイ出で立ちだった。

SMバーなのだから、こういう格好ではないとだめだと天鬼が説得したのである。実際にバーの中にいる女たちは、ボンテージファッションやらマイクロミニやらの過激な格好である。まあ大抵がドSの女王様とドMの奴隷というカップリングなのだが、別にふつうの格好でSM好きのカップルもいる。

だがそれを隠して里枝子には「過激な服装をしないと怪しまれる」と吹きこんだのである。我ながらグッドアイデアだった。

「大丈夫ですって。似合ってますよ、脚のキレイな班長には」

褒めるとさらに里枝子が顔を赤らめる。

「そんなわけないでしょう。さっきも表通りで若い男の子たちにジロジロ眺められて、とっても恥ずかしかったわ。三十九のおばさんがこんなに短いスカートなんて」

「おばさんなんて。ジロジロ見ていたのは、それだけ班長のスタイルがいいからですって」

実際に強面の天鬼が横にいなかったら、里枝子はふつうに若い男たちにナンパされまくっただろう。

タイトミニから伸びる里枝子の太ももは、若い女にはないムチムチしたいやらしい肉感で、実に柔らかくて脂が乗っていそうだ。

レザージャケットの下に着た赤いTシャツの胸元も悩殺的である。

ブラジャーで押さえつけているのだろうが、それにしても豊かな乳房のふくらみは隠しきれない。

ミニスカートからのぞく白く艶めかしい太ももや、ほっそりした腰、デカすぎる胸元。たまらないなあ。

それに加えて恥じらう姿もいい。三十九歳とはいえ可愛らしい少女のような無垢《むく》な部分があるのは元がお嬢様だからだろう。

今まで抱いてきた女とは桁違いの高めの女だ。

上司でなかったら、天鬼もナンパして、こんなにも熟れた女盛りの肉体をたっぷり味わってみたいと思う。

「ホントに合法なの？　ここ」

里枝子が言う。

「合法らしいですよ。風営法の届け出も出してましたから」

「届け出を出したって、内容はわからないものね」

里枝子がもっともなことを言う。調べたところによると、先代のママの時代からある老舗なのだそうだ。ずいぶん昔からあるので、もはや法律など凌駕《りょうが》しているのではないだろうか。

「行きますよ、班長。警察ってことはくれぐれもバレないで」

天鬼が言いながら重いアクリルのドアを開ける。

すぐに狭い階段があって、そのまま地下に行く構造だ。

入口には硬い革の鞭《むち》と、口に咥《くわ》えさせるギャグボール、ナイロン素材の拘束具が飾られている。里枝子が赤くなって目をそむけるのが楽しい。

地下に行くとまたドアがあった。靴を脱いでから中に入る。

照明の落ちた暗い店内は絨毯《じゅうたん》も壁も真っ赤だ。入口には檻《おり》があって、その檻の中にX字の磔《はりつけ》台がある。

時間になれば、この中でSMショーが行われると、あのキューピー人形が言っていた。ショーをやるのは客のカップルだ。見渡すと、ふつうのサラリーマンの格好で首輪をつけている男が多い。その首輪から伸びたチェーンの先を、ふつうの若いOLのような女が持っている。見た目は上司と部下だが、ここでの立場は逆らしい。そんなふつうの格好ではなく、黒いレザーのマスクを頭からすっぽり被った本格派や、ボンテージファッションに身を包んだ女王様もいる。

歩いていると、男たちが里枝子を見て鼻の下を思いきり伸ばした。そうだろう、そうだろう。ちょっとした優越感だ。

里枝子はうつむき加減で歩きながら、耳打ちしてきた。

「こんないかがわしい……と言ったら失礼ですけど、あの拉致された人妻がこんなところにいらっしゃったのかしら。ちょっと不釣合ですけど」

それについては、ずっと天鬼も不思議に思っていた。

「でしょう？　やっぱり何かあるような気がするんですよ。班長、怪しまれないように堂々としていてくださいよ」

「は、はい」

と返事しつつも、ミニスカート姿で恥ずかしそうにしているから、初心者というのはもろバレだ。天鬼はさらに興奮した。

いや、興奮してばかりはいられない。ちゃんと仕事もしよう。

東京湾岸医療センターで働く看護師の紺野結愛は、二十八歳で結婚して子どもはいなかった。

働いている同僚にも訊いてみたが、仕事ぶりは真面目《まじめ》で、美人ではあるけれど、派手に遊ぶタイプでもなかったらしい。

そんな彼女がなぜ、SMバーのカードなど持っていたのか。

旦那との関係も良好で、両親との確執もなかった。だがほかの若い女性の失踪とは違って、紺野結愛という個人を狙った形跡がある。

上の連中は、紺野結愛の働いていた東京湾岸医療センター自体に何かあると思っているらしく、元SITの「牝刑事」神崎玲子を潜入させたのだ。

ほかの面子《メンツ》は、自分を含めてサポートみたいなものだろう。

それにしても、交通課の婦人警官や、実戦経験のなさそうなキャリアの人妻やら、得体の知れない分析官や、自分のように始末書だらけの粗暴な現場の刑事までいる。

おそらくだが、何かワケありとか、煙たがられているような連中が集められたに違いない。捜査一課にわざわざ別班をつくるのは、何かあっても班ごと切れるからだろう。そうはいくか。捜査一課の連中を出し抜いてやる。

「あらあ、初めてかしら」

金髪に濃い化粧の、やたら体格のいい女が現れた。近くでしっかり見れば女装したおっさんだ。これがオーナーの舟木《ふなき》だろう。事前に調べてある。

オーナーの舟木は先代ママの息子で、ママが亡くなってからこの店を継いだらしい

「初めてだよ。ふたりだ」

天鬼がちらっと里枝子を見て言う。里枝子も軽く頭を下げる。

舟木は「どおも」と言いながら、適当に会釈する。舟木はキレイな女が嫌いらしい。

と、誰かのブログに書いてあった。

「よろしくねえ。じゃあ、初めてならここに名前とか住所とか書いてね。あとは身分証をよろしく」

赤いソファに座るように促された。里枝子と並んで座る。彼女のミニスカートが座った拍子にズレて、ムッチリした太もものキワドイ部分と、さらにパープルのデルタゾーンが見えた。

里枝子が慌ててスカートの裾を直す。下着も派手なものにしてください、と頼んだときは睨まれたけど、しっかり穿いてきたらしい。

やはりこのセレブ奥さん、真面目だ。

天鬼が紙にウソの情報を書いて舟木に渡す。身分証もいっしょに見せるが、もちろん偽造だ。

「なるほど、IT企業にお勤めね。しかし、このキレイな人が女王様ねえ」

舟木が訝しんだ目で見ている。これはまずい。

「いやいや、こんな優しそうな顔してますけど、責めはエグくて。鞭なんか持った日にはもう目の色が変わるんですよ。あっはっは」

適当に言うと、里枝子に爪先を思いきり踏まれた。

「へえ。人は見かけによらないものねえ。じゃあ、今日は特別。ホントは初めての人はショーにはあげないんだけどね」

舟木が店のバーテンダーにマイクを持ってこさせた。

「みなさま、本日はようこそお越しくださいました。さっそく本日最初のショーを始めまあす！　今日は初顔よ。さあ、こっちに」

舟木がこちらに手を向ける。

いきなり里枝子とふたりでスポットライトを浴びた。歓声があがる。

「なっ……」

里枝子と顔を見合わせる。彼女は顔を赤らめ、天鬼の腕を握って耳打ちしてきた。

「む、無理です、ＳＭショーなんてっ」

小声で耳打ちしてくる。セレブな人妻の甘い匂いが漂った。

「いやでも、断ったら怪しまれます。ここに来るＳＭ客ってのは見せたがりなんですから。やらないと」

天鬼が立ちあがった。

しばらく座ったまま逡巡《しゅんじゅん》していた里枝子も、おずおずと立ちあがる。里枝子の美貌を見たのだろう。客たちから「おおっ」という感嘆の声が聞こえた。

「じゃあ初めてのおふたり、檻の中へどうぞ。緊張してる？　いつもの感じでやればいいからね」

舟木に促されて、ふたりで檻に入る。

「ど、どうすればいいんですか？」

小声で里枝子が訊いてきた。

「とりあえず、そこのXの磔に、俺を拘束してください」

天鬼がX字になった磔の前に行き、両手を挙げる。里枝子が泣きそうな顔で天鬼の手足に革ベルトを巻きつけていく。

「そ、それで……次は？」

里枝子が尋ねる。

「鞭を持って。それで俺のシャツの前を開けながら『どんな気持ちだい？』とか上から目線できつく言ってください」

「えええ？」

里枝子が目をまるくする。

それはそうだろうな。

檻の外にいる舟木がマイクで叫んだ。

「あらあ、緊張してるのかしら。いいのよお、奥さんがいつもしてるようなことをすればいいの」

煽《あお》られて、里枝子は震える指で天鬼のシャツのボタンを外しはじめる。

「下に着ているTシャツもまくって、それから俺の乳首を指でくりくりと」

「い、いい加減にっ……」

キッと睨みつけてきた。

「そう、その顔。指で俺の乳首をいじりながら、女王様っぽい台詞を言うんですよ」

里枝子が拘束した天鬼のTシャツをまくる。

胸毛の生えた胸を見て、里枝子がひくひくと頬を引きつらせる。悲鳴をあげなかったのは褒めてやりたい。

里枝子の指が乳首に触れる。

おうっ、気持ちいい。

「ど、どんな気持ちかしら……」

震えるような小声で言う。

仕方ない。こっちでやるしかない。

「おおう！　じ、女王様っ……ワクワクしてます。里枝子様、い、いつもみたいに、お、俺のチン×ンを可愛がって……」

「そ、そんなことしてないですっ！……」

里枝子が真っ赤になって、革鞭で胸をひっぱたいてきた。

「いぎいいぃ！」

「おおおおお！」

容赦ない一撃に、歓声があがる。

痛い。鞭の感触に天鬼は歯を食いしばった。

「ご、ごめんなさいっ」

里枝子が腫れた部分を指でそっとなぞってくる。

「おおうっ」

わざとやってるんじゃないだろうが、気持ちよすぎる。

「い、いいですっ、いいですっ、里枝子様。もっと、たたいてください。なんならそのFカップくらいの頭悪そうな爆乳で乳ビンタでも……」

「だ、誰が！　頭の悪いおっぱいなんて！」

また鞭でたたかれた。

なるほどカマトトな人妻には、下品な煽りが利くらしい。

「おっぱいじゃなかった、尻でもいいですっ。ほら、スカートをまくって、紫のエロい下着姿を披露して……」

さらにたたかれた。

胸元が次第に真っ赤になってきた。なるほど痛いけれど、自分の情けない姿を見られているのが気持ちいい。これがSMなのか。

里枝子のたたきかたもエスカレートしてきた。

おいおい、この人、Sっ気があるんじゃないか。

顔をしかめながらも、イタ気持ちよさに悶絶《もんぜつ》していたときだった。

ん？

ふいに奥を見たときだ。知っている顔がいた。

安井《やすい》だ。新宿を寝床《シマ》にしている若い半グレである。どこの組織にも属してないが、フリーランスでどんなな仕事でも引き受ける。

しかし安井が新宿を出ることは滅多にない。シマ以外ではこんな夜の店にやってこないはずだ。

「班長、俺の革ベルトを外してください」

ハアハアと息を荒らげて上気している里枝子が、きょとんとした顔をした。マジで色っぽい。

「どうかしたんですか？」

「それはあとで」

里枝子は不思議そうな顔をしながらも、手の革ベルトを外してくれた。慌てて脚のベルトを外したときだ。

安井がハッとした顔をして慌てて立ちあがり、部屋の奥に走っていく。

「くそっ。あ、ちょっと小便したいんで、誰か俺の代わりに……」

天鬼が言うと、客席の男たちが身を乗り出して手を挙げはじめた。

「え？　ちょっと……え？」

里枝子が戸惑った声を出す。

「班長、誰か選んで、そいつをしばいておいてください」

「えええ？」

里枝子を置いて天鬼は駆け出した。満員の客席を突っきっていき、店の奥の通路に向かう。

安井は突き当たりの裏口のドアを開けようとしていた。

「おいっ、安井！　待てって」

慌てて手をつかむ。安井がチッと舌打ちして、スキンヘッドを手で撫《な》でた。

「ちょっと勘弁してくださいよ。旦那がなんで新橋の店なんかに、ガサを入れるんすかぁ」

「ばか。摘発じゃねぇよ。訊きたいことがあるんだよ」

天鬼ははだけた服を直しながら、尻ポケットに入れた財布から写真を撮り出した。紺野結愛の旦那からもらった写真データを、プリントアウトしたものである。

「この女、見たことねえか、この店で」

安井が目を細める。

さらに目つきが悪くなった。

「わかんねえなあ」

「ウソつけ」

天鬼がヘッドロックをかけた。

「てめえ、今、目ぇそらしただろ。知ってんな？　この前、てめえのダチが開けた風俗店、見にいってもいいんだぜ」

「チッ。闇バイトのサイトだよ」

「あ？　詳しく話せ」

天鬼がさらに締める。安井が「いたたたた」と必死にもがく。

「昔から使ってるバイト募集のサイトがあってさ。この女をさらってくれって求人があったんだよ。知り合いがかっさらっちまって仕事を取り損ねたけど、けっこういい金だったぜ」

「村瀬《むらせ》っていう男じゃないのか？」

安井が眉をひそめる。

「なんだ。知ってんじゃねえか。倉庫の爆発に巻きこまれて死んだって訊いたけど」

村瀬は先日、倉庫の爆発で亡くなった三人のうちのひとりだ。ＤＮＡ鑑定で身元がようやく割れたが、ほかのふたりはまだわからない。

「サイトの名前かＵＲＬはわかるか？」

「１９７３だ。だけど名前を入力しても、検索にはひっかからねえようにできてるって、聞いたことがある」

「じゃあ、ＵＲＬだ。スマホがあるだろう」

天鬼の言葉に安井は頷いた。ようやくヘッドロックをといてやる。

安井はジャンパーのポケットからスマホを取り出して、勢いよくタッチする。

「あれ？」

安井の顔が曇ってきた。

「おっかしいなあ。なくなってるわ、あのサイト。昨日まであったのになあ」

「ホントにあったのかよ」

睨みつけると、安井は勢いよく首を横に振った。

「マジだって。今さら隠したりしてもしょうがねえだろ」

安井はまたチッと舌打ちした。

「なあ、請け負うときのやりとりはどうするんだ。メールか？」

「サイト上のメッセで細かいやりとりができるんだよ。雇い主とバイトは直《じか》にメッセでやりとりするんだ」

闇サイトはいくつか見たことあるが、そんな名前のサイトは初めてだ。

「でもおまえ、なんでここにいるんだ？」

訊くと、安井がヒヒッといやらしく笑った。

「村瀬に訊いたんだよ。この女、清楚なふうなのにSMバーなんかに通ってやがるってな。ほかにもいい女がいないか物色に来たってわけさ」

やはり、紺野結愛には何かある。

安井のスマホを「少々借りる」と強引に奪い、店内のバーに戻ってみると、男たちの行列ができていた。

檻の中の里枝子は目を輝かせて、男たちに鞭を食らわせていた。

なんだよ、ガンぎまりじゃねえかよ。

おっとりしたセレブ妻の裏の顔は、とんでもないドSだったようだ。

第四章　ギャル刑事の首都高バトル

1

「ふうん。１９７３ねえ」

捜査一課特務班の部屋で、伊川が天鬼の持ってきたスマホを、ぽちぽちと押していじっていた。

あんな太い指で、よくスマホをタップできるなあ。

松木莉緒は感心しながら伊川を見ていた。

太って白衣を着たマスコットキャラクターみたいだ。見ている分には愛らしいという部分もあるが、とにかく性格はわがままな子どもそのもので、成人した大人とは思えない。

今もマックのポテトを食べてからスマホを触っているので、ボタンの部分が油だらけだ。持ち主が気の毒である。

天鬼が伊川の肩を軽くたたいた。

「つい先日まであったらしい。もう消えちまって跡形もねえけどさ。なんとか手がかりは見っけらんないか？」

「うーん。まあ、やってみるけどね」

伊川が首のあたりをぽりぽり手でかきながら、スマホにケーブルをつないでパソコンと連動させる。

キーボードのたたきかたは速い。さすがＩＴが専門の分析官だ。

莉緒は伊川の座っている後ろにまわって、パソコンのモニターを見た。画面いっぱいにプログラムのようなものが書かれていて、伊川はすごい速度で画面をスクロールさせている。

「ざっと見た限り、どこにも残ってないね。面白いプログラムだな。単なるサイバーセキュリティじゃないね。サーバもいくつかの国を経由させてる」

「えっ、短時間でそこまでわかったの？」

莉緒が後ろから尋ねると、伊川は振り向いてにんまり笑った。

「中東のエレクトリックアーミーと戦った僕を舐めないでほしいなあ。この前はロシアのハッカーの暗号資産を凍結したんだから」

「はあ」

なんだかITに疎い莉緒には、ウソかホントかわからない話だ。同じように天鬼も首をかしげている。

「よくわかんねえけど、そんなハッカーさんでも、やっぱダメかあ」

「時間かかってもいいなら、見つけてみようか」

伊川がまたフライドポテトに手を伸ばし、二、三本まとめて口に放りこんでから、油のついた手を白衣に裾で拭った。

「できるんか？」

「二時間くらいかなあ」

伊川がまた太い指でキーボードを打ちはじめる。ぺったりと撫でつけた髪とまんまるの目玉。莉緒は腹話術師の人形を思い出していた。

「おお、頼むぜ。なんでも好きなもの奢《おご》ってやるから」

天鬼の言葉に伊川は手を止めて、また莉緒を見てニンマリ笑った。

「莉緒ちゃんとデートで手を打つけど」

「ああん？」

思わず昔のくせで睨んでしまった。天鬼と伊川が妙な顔をする。危ない危ない。すぐにいつもの八方美人なアイドル顔をつくる。

「やだもうっ。何を言ってるんですか、デートなんて」

軽くシナを見せる。天鬼が手を合わせてきた。

「莉奈ちゃんさあ、マッチングアプリって確率わりいだろ。俺さあ、若くてイケメンな弁護士連中のこと知ってんだけどさあ」

天鬼が強面顔を崩して、ニヤリと笑った。

「ホントですか？」

「マジマジ。だからさあ、弁護士連中の飲み会をセッティングするから、このテディベアとデート一回分でどうよ」

「いいですよ。ノッた」

莉緒が返すと伊川は、

「じゃあ、成立ねえ」

と、またパソコンのキーボードをたたきはじめる。

「うわっ、いろいろ経由させてるなあ。ロシアにシンガポールに、ああ、中国か」

「中国？　なんかこの事件、中国がよく出てくるなあ」

天鬼が言う。

今、玲子が潜入している東京湾岸医療センターに、中国の大手製薬メーカーがからんでいるという情報が共有されている。今回の拉致にも中国は関係しているのだろうか。

「ううむ。定型的なダークウェブだなあ」

「なんですか、それ？」

莉緒が尋ねる。伊川がニヤっとした。怖い。

「特別なブラウザを使って入るウェブページで、閲覧したユーザーのＩＰが全部わからないようになってるんだ。日本のダークウェブの取引はせいぜい児童ポルノぐらいだけど、東南アジアのダークウェブなんか、武器、ドラッグ、臓器、子ども、なんでも売ってる」

「誘拐されたのも、もしかして人身売買とか？」

と、莉緒。

「あるかもねえ。なんにせよ、組織が関与してるって前川さんが言ってたからね。ええと。おお、あった」

「え？」

莉緒と天鬼が同時にパソコンをのぞきこんだ。

近づいたら、伊川がクンクンと髪の匂いを嗅いできた。とりあえず無視だ。

「これか」

パソコンには真っ黒な背景に「１９７３」とだけ書かれた、いかにもアングラなサイトが立ちあがっている。

「これはミラーサイト。スマホのデータは全部リモートなのか、プログラムなのかわからないけど、確かに消されてた。なんで特殊なプログラムを使って、キャッシュが残ってたのを拾いあげたんだ」

「すげえな、あんた修理屋になれるぜ」

天鬼が伊川の肩をまたたたく。

「デート、よろしく。グフフフ」

伊川のにやけ顔に怖気《おじけ》が来た。莉緒は思いきり愛想笑いで返してやる。

それにしても、やはり伊川はかなり有能らしい。警察のサイバー班では復元できなかったから、伊川のほうが知識はある。

そんな優秀なのがなんで、こんなお試しみたいな新規班に来たのだろう。と考えて、やっぱり協調性がないのが原因なんだろうなと思う。どんなに優秀でも、子どもみたいなわがままは警察内部では許されない。

「いいね。で、肝腎の誘拐依頼ってのはあったのか？」

天鬼が尋ねる。

「あったよ。たぶん、これ」

伊川がキーボードをたたくと、掲示板のようなものが現れた。

《サクッと稼ぎましょ。運び。二名から三名。本気のヤツだけ。ハイエースを用意》

まるでキャンプでも誘うような簡単な文面だった。

「あの、これがどうして誘拐の依頼なんでしょうか？」

莉緒が訊くと、天鬼が答えた。

「ハイエースは拉致の隠語だよ」

「ああ、なるほど」

当たり前のように言われたが、交通課にいたのでそんな隠語は聞いたことがなかった。

「たぐれないか、それ」

天鬼が言う。

「ううむ。開示請求とかできればいいんだけどなあ、これって特殊なブラウザだからね。あれ？」

「なんだ？」

またふたりで画面をのぞきこむ。

「東京湾岸医療センターから、アクセスがあるね」

「マジか！」

天鬼が伊川の肩をバシバシとたたく。

「いたたたた。最初に募集かけたのは中国からだけど、何度か東京湾岸医療センターの誰かがこの募集を見た記録がある。ＩＰが見えた」

画面にはサイトにアクセスしたアドレスの一覧が出ていた。

東京湾岸医療センターの誰かがこの闇サイトにアクセスしている。かなりの大きな証拠だ。

「あとね、清風会って文字もあるね」

「せいふうかいって読むのか……なんだ、そりゃ」

天鬼が目を細める。

「さあねえ。まあこれを持って玲子さんにお願いすればいいんじゃないかな。はーい、莉奈ちゃん、デートよろしくね。グフフフ」

また伊川がポテトに手を伸ばす。莉緒の顔は自然と強張ってしまう。

2

三月中旬。少し春めいた陽気になってきた。

東京湾岸医療センターの屋上からはレインボーブリッジがよく見える。玲子がこの病院に潜って二週間が経っていた。

たまに息抜きで、この屋上に来て煙草《たばこ》に火をつけるのがなんとも至福だ。干してある大量のシーツに煙がかからぬように端のほうの柵にもたれて、煙を吐いた。

それにしても豊洲のビル群はすさまじい。

東京五輪前から建設ラッシュだったが、ここに来てまたタワマンの建設が始まっている。ただ日本人が買っているかと言えばそうでもなく、中国の富裕層が資産を移すために買っていることも多いと訊く。

中国か。

いったい、この病院は何があるのだろう。二週間見ていたが、特に変わったことはないようだ。もちろん派手に動けば察知されてしまうので、そこまできちんと調査してはいないのだが。

だが、そろそろ動く頃合だ。

二週間、院内に溶けこむ努力はした。ここからが勝負だ。

煙草を携帯灰皿に捨てていると、屋上に通じるドアが開いた。

入ってきたのは天鬼だ。珍しくいつものヨレヨレのコートではなく、スーツを着て無精髭《ぶしょうひげ》を剃《そ》っている。身なりをきちんとしてこいと注文をつけたのはこっちだが。

厳つい顔だが無精髭がなければ、わりといい男だ。

「久しぶりだぜ、背広なんて」

天鬼が袖の臭《にお》いを嗅ぎながらやってきた。確かにちょっとカビくさい。押し入れの奥の物を引っぱり出したのだろう。

「馬子にも衣装じゃない」

「ほっとけ。それにしても俺を病院なんかに呼んでいいのかよ、牝刑事さん」

天鬼が皮肉めいて言う。

この男はずっと玲子を敵対視している。元ＳＩＴに対する対抗心があるらしいが、面倒くさい。そのくせ、こちらの白衣姿をいやらしい目で見ているのだが。

「心配ないわ。まだ動いてないから。あなたこそ患者顔しておきなさいよ」

「わかってるよ。セレブな商社の社員だろう？　しかし、なんでそんな面倒くさいこと」

「あなたにも病院内を見てもらいたかったからよ」

「俺に？」

「いちおう実戦経験があるのは、あのチームの中であなたくらいだもの」

「フン。なるほどな。見たところ、変わったところはなさそうだけどな」

「私もそう思う」

「ただ」

天鬼が顔を曇らせた。

「ただ、何？」

「何もなさすぎて気持ち悪い。あくまでカンだけどな。潜入捜査のプロから見てどうなんだよ。というか、うまくいってんのか？」

天鬼が訝しんだ目つきをする。同じことを考えていたようだ。やはりこの男はただ者ではない。

「プロじゃないけどね。まずは溶けこむ。同化して、ここの人間になる。気配を消す。ここまではできていると思うわ」

「SITはそんなことも習うのかよ」

「潜入捜査は初めてよ。これは私の恩師の受け売り。凄腕《すごうで》の捜査官よ。今は香港に潜っている」

「また中国か」

「そういえば、闇サイトのサーバが中国にあったそうね。ここからもアクセスがあったとか」

「らしい。あの天才がそう言ってた」

「なるほどね。少しずつつながってきたわね」

「なあ、この拉致事件は中国につながってるのか。なんだかきなくせえぞ。このチームをつくったのはどこだ？」

天鬼が核心をついてきた。もうチームはどっぷり嵌《は》まってしまっている。今さら隠しごともないだろう。玲子は重い口を開いた。

「公安。あと内閣調査室と外務省。後ろにアメリカもいるかも」

天鬼が顔をしかめる。

「マジかよ。うわあ、おっかねえな。ヘタうつと消されるってヤツだな。なんでそんなたいそうなチームに、へんなヤツらが集まるんだよ」

「まあいろいろあるみたいよ。それよりそろそろ動こうと思ってんだけど、紺野結愛のいた内科は問題なさそうだし、あなたの意見は？」

「なあ、清風会って知ってるか？」

天鬼の言葉に、玲子は目を細める。

「どうして知ってるのよ」

「あっ。あの小熊が言うには、その文字がサーバのどこかにあったらしい。用心してたのか知らねえけど、一回しか出てこなかった。なんなんだ」

「脳神経学科のエリート医師たちの派閥があるらしいのよ。それが清風会って言うんだって。少し調べてみたけど、別に表立って活動してる様子もない。でもやっぱりあるのね、謎の組織なんて面白いじゃない。そこからつついていこうかしら」

天鬼が空を見あげた。

「ああ、面倒くせえところに来ちまったな」

「あら、親友の娘がシャブ漬けオナホにされたからって、たったひとりで組ひとつつぶしたあなたならぴったり……」

天鬼の手が首に伸びてきた。

玲子はとっさに、その手をつかんだ。すさまじい殺気だ。

「その話、どっから拾ってきた？」

おちゃらけていた天鬼の顔から、笑みが消えていた。

「私、公安に知り合いがいるのよ。所轄の警察を黙らせて事件そのものは矮小《わいしょう》化させたみたいね。仲間のことを調べるのは当然よ。足手まといはごめんだもの。あなた、それで干されたんでしょう？」

「まあな。俺は女を食い物にするヤツは虫唾《むしず》が走るんだ。今回も女が売られてるかもってことで頭に来てる」

天鬼が手を下ろす。いつもの強面ゴリラの顔に戻る。

「私も同じよ。期待してるわ」

手を差し出した。

「ふん、その上から目線が気に入らねえが……」

天鬼も手を出してきた。

そのときだ。殺気がなかったから油断した。天鬼のごつい手が、玲子の白衣の上から乳房を揉んだ。

「キャッ！」

慌てて蹴ろうとしたら、天鬼がしゃがんで蹴りを避けた。ワンピースの白衣の裾が大きくまくれた。

「Fカップってところか。パンティは赤」

両方当たっていた。睨みつけてもどこ吹く風だ。

「女を食い物にするのは許せないんじゃなかった？」

「スキンシップだよ、仲よくなるには、男女の関係になるのが手っ取り早えだろ？」

「それは活躍しだいってところかしら」

「今の言葉、忘れんなよ」

天鬼がニヤニヤ笑っている。

チ×ポに自信があるのだろうか。

「ねえ、例のSMバーの会員カードってどれよ」

天鬼が黒いカードを見せた。何も書かれていない。

「紺野結愛の財布にあったカードだ。真っ黒くて何も書かれてなかったからわからなかったが、右上にブラックライトをしばらく当てていると、会員番号が浮かびあがる仕組みらしい」

「なるほどね」

いくつか調べることがあった。清風会という組織、闇サイトにアクセスしたのはこの誰か、そしてこのSMバーに関係している人間がほかにもいるかどうか。

黒いカードをじっと眺める。

SMバーと清楚な看護師妻か。組織的な女性の拉致事件。中国はいったいどこにからんでいるのだろう。

3

午後から玲子は東京湾岸医療センターの中国向けPR動画制作に参加していた。

さすがセレブ御用達の金持ち病院だ。

制作を指揮するのは大手広告代理店の電報通信《でんぽうつうしん》で、撮影も家庭用のデジカメではなくプロ機材を使っている。まるでテレビ番組や、大物アーティストのPVでも撮影するような大所帯だ。

病院の入口から入ろうとしている一般客たちが、白衣にピンクのカーディガンを羽織った玲子の姿を見て、スマホをこちらに向けている。

芸能人じゃないんだけど。

まあ、いいか。

「やあ、今日もキレイだねえ。よろしく頼むよ」

広報部長の冴島がやってきて、玲子の肩を軽く触った。顔はわりとタイプだけど、こんなチャラい中年男はごめんだ。

「よろしくお願いします。私なんかに務まるでしょうか。ドキドキします」

玲子が清楚な受付嬢を演じると冴島の鼻の下が伸びた。

やはり男には清楚タイプがいい。間違ってもパパ活とか、チ×ポとか、下品な言葉を口にしない雰囲気で押しとおす。

「大丈夫、大丈夫。ふつうにしてたらいいから。それにしても、ホントにどこか事務所とか所属してなかったのかい？」

冴島が猫なで声を使っている。

「はい。特にそういう方面は興味なかったので」

こういうスレていない部分も出していく。

そのときだ。小柄な男が歩いてやってきた。その後ろにふたり、黒服でガタイのいい黒人がついている。ボディカードだろう。横にいるのは確か脳診療外科医の診療部長、田渕昭博だ。

ボディガードをつけている富裕層の人間を、日本ではなかなか見かけない。どうやら中国人らしい。

その男が近づいてくると、冴島はすぐに駆け寄っていく。

「お疲れ様です、ハオさん。わざわざこんなところまで、申し訳ございません」

と、頭を下げる。

ハオ。やはり中国人か。小柄で目つきが鋭くて妙に貫禄がある。

「こちらがPVに出演するウチの看護師です」

冴島が紹介する。

「仁科玲子です。よろしくお願いします」

頭を下げる。ハオと呼ばれた男の目が細くなる。

「ほう。とてもとても美人です。素晴らしい」

流暢《りゅうちょう》な日本語だ。冴島が続ける。

「こちらSLGという中国の大手製薬メーカーのハオさん。日本支部戦略経営室の室長さんだ。SLGはウチと提携していて、これから中国にも日本の医療を輸出していく橋渡し役になってもらっているんだ」

ハオが手を差し出してきた。

「どうも。ハオ・ユー・シュエンと言います。玲子さん、よろしく」

「こちらこそ。よろしくお願いいたします」

握手する。ハオがニッコリ笑う。

SLGか。

すでにSLGのことは刑事部長の前川と、公安の榊原から訊いている。

しかしこのハオという男の話は出てこなかった。ハオ・ユー・シュエン。もう少し深いところまで探ってみたい。

握手するときに、この男は何か探るような目つきをした気がした。ただのカンだが、気になることはどんな些細《ささい》なこともそのままにしておけない。潜入捜査はそのカンが頼りだと香織から教わった。

「それじゃあ、始めましょうか」

スタッフたちが動き出す。

ハオは冴島や田渕となにやらひそひそ話をしながら、こちらを何度も見ている。

何を話しているのだろう。

中国語らしい。かすかに聞こえてくる。

――美人じゃないか。

――いいでしょう？　まだ独身らしい。

――ハオさんはすぐ熱をあげるから。

玲子は少し中国語ができる。内容に関してはたいした話ではない。だが、冴島も田渕もどうやら中国語ができるらしいとわかった。

玲子はスタッフに言われたところに立った。集音マイクとテレビカメラが向く。覚えてきた台詞をニコニコしながら言うだけだ。

オープニングを撮り終えて、移動しようとしたときだった。

よれたコートを着た男が病院の門からやってきて、玲子は顔を隠した。

見かけたことがある。捜査一課の刑事だ。

まずい。

牝刑事なんて言われて捜査一課の人間にも顔が知られていることが仇《あだ》になった。

「あの、すみません」

刑事が近づいてきた。玲子は気づかぬフリをして去ろうとした。そこに広報の片貝《かたがい》という男が割って入った。

冴島の下でアシスタントをしている若い男である。

「なんの用でしょうか。今、撮影で忙しいのですが」

片貝が困ったように言うと、刑事はよれたコートの内ポケットから警察手帳を出して、片貝に見せた。

「失踪された紺野結愛さんのことをお聞きしたくて」

結愛の名前をここで出したことはない。

ちょうどよかった。ハオや冴島や田渕の顔を見る。特になんということもない。

「私どもは何度もお話ししてますが……何か彼女は犯罪に巻きこまれたとかありましたか」

逆に片貝が訊くと刑事は、いやいやと首を横に振った。

「まだ何もわかっていません。ですが、実は別の失踪者の届け出がありまして。それがここに入院している方の奥さんなんです」

聞き耳を立てる。

別の人妻も行方不明……しかも、東京湾岸医療センターに関係している人間らしい。

それは初耳だ。前川に確認してもらわなければならない。

「そうでしたか。それは気になりますね。わかりました。もう少し撮影したら休憩になります。それまで受付前のロビーでお待ちいただければと」

片貝が内ポケットに手を入れて、名刺入れらしき革の入れ物を取り出したときだった。

いっしょに入れていた財布が落ちて、入っていたカードがバラまかれた。

クレジットカードにパン屋のポイントカード。ドラッグストアのカードもあった。

意外に庶民的ではないかと思ったら、その中に真っ黒いカードが見えた。

あれは……午前中に天鬼が見せてくれたSMバーのカードとまったく同じ物ではないか。

片貝はなにごともなかったようにカードを集めて、ふたつ折りの財布の中にしまっていく。

なるほど。

少なくともこの片貝という男は、例のSMバーのことは知ってるらしい。

ということは、広報部長の冴島にも通じているのかも。

4

「お疲れ様。いやあ、よかったよ。とても素人とは思えないMCっぷりだった」

冴島がガラス棚からウイスキーを出してきた。グレンモーレンジィ十八年、響《ひびき》の二十一年、リーガルやマッカランもある。わりといい酒がそろっている。

ＰＶを撮り終えたあと、帰る前に一杯どうだろうと誘われた。用事があると言ったら、では自分の使っている広報室はどうだと言われた。広報部長にひと部屋与えられているとは、さすがセレブ病院だ。

本当なら適当にあしらうところだが、部屋に入れるなら都合がよかった。冴島がどの程度関与しているかわからないが、いつもいっしょにいる片貝とつながっている可能性は高いと踏んだ。情報が欲しかったからちょうどよかった。

部屋に入ると応接セットと大きな机があった。なるほど、このくらいの広さなら会議もできるだろう。

「じゃあ、一杯だけ。乾杯しよう」

冴島がグラスについだのは響の二十一年だ。悪くない。

応接セットのソファに座る。玲子は向かいに座ろうとしたら、冴島は自分の隣をぽんぽんとたたいている。欲望にストレートなのはまあ悪くない。

「えっ、あっ……それでは失礼します」

玲子は恥ずかしそうなフリをしながり、隣に座る。

冴島の視線が白衣の胸元、そして座ったときにズレあがったワンピースの白衣からのぞく太ももに注がれる。

「そんなに緊張しなくてもいい。堅苦しいのは抜きにしよう。玲子ちゃんはいくつだっけ」

「二十八です」

本当は三十二歳だけど。

「いやあ、若く見えるな」

冴島の左手がパンスト越しの太ももの上に置かれた。

玲子はビクンと肩を震わせた。

「あ、あの……」

簡単に触らないでよ、というムカつく気持ちは抑えこんで、戸惑い顔をつくってみせる。

「こんなにキレイなのに、今までモデルやタレントに興味がなかったというのはウソだろう？」

冴島が顔を近づけてきて、酒臭い息を吐いた。

なるほど。冴島のやりかたがわかった。玲子はうつむいて口を開く。

「す、少しは……」

「僕はね、元広告代理店にいたから、芸能事務所にコネがあるんだよ。キミみたいなキレイな子なら、間違いなく人気が出る」

「ホントですか？」

玲子は目を輝かせる……フリをした。

まったく……昭和の口説き文句だ。あきれてしまうが、油断させるために乗ることにした。

冴島がニヤりと笑う。

「ホントだとも。それにはお互いのことがもう少し深くわかったほうがいいと思うんだよ。今後のことを考えれば……」

こんなのに引っかかる女っているのかしら？

だが、冴島は自信満々だ。枕をしてもタレントになりたい尻軽女は意外に多いということか。

「あの、それはどういう……」

「わかるだろう、キミも。真面目そうだが、二十八なら大人の関係くらい知っているだろう？　ここは持ちつ持たれつさ」

玲子は顔をくもらせた。もちろん、これもフリだ。

さあて、どうしようか。まあまあルックスは悪くないから抱かれてもいいけれど、ちょっともったいない気がする。

かといって断ると、このプライドの高い男は二度と誘ってこないだろう。

今がチャンスなのは間違いない。ならば……。

「あ、あの……私、ホントは女優になりたくて」

「ほう。そんな気持ちがあったのか。いいだろう、いいだろう。僕が口添えしてやるとも。だから……なあ、わかるだろう？」

玲子は困った様子を見せた。

さあて、どうしようか。油断させるなら寝てもいいが……。

いや、やっぱりもったいない。

「冴島部長、その……これで……」

玲子はソファに座った冴島の足下にしゃがみ、ベルトを外してスラックスとパンツを一気に下げた。半勃《だ》ちのイチモツが目の前に露になった。

「お、おいっ……」

「私、これくらいしかできないですが……」

玲子が細い指で肉茎を握った。

「おおっ……」

冴島が歓喜の声をあげる。

「私、女優になりたいんです。お願いします」

哀願しつつ、手で根元をシゴきあげていく。

ちょっと積極的すぎる気もするけれど、それだけ芸能人になりたいから、という体で行こう。

「むうう……」

あっという間にイチモツが硬くなってきた。

玲子は恥ずかしそうに目元を赤らめ、眉をハの字にした悩ましい表情をしながら、輪をつくった指で根元をキュッ、キュッとこする。

「むむ……う、うまいじゃないか……」

「ホントですか。私、こんなことするのは初めてなんですが……」

カマトトぶって恥じらい顔を見せると、さらに勃起が硬くなった。

「キミがこれほど女優になりたかったとはなあ。ううん、いいぞ」

冴島は手コキする玲子の頭を撫でてきた。ここで時間をかけてもしょうがない。さっと終わらせそう。

玲子はおもむろに冴島の性器に顔を近づけて、亀頭部をちろちろと赤い舌であやしてやった。

「くおっ……」

冴島がのけぞる。思ったよりも感じやすいらしい。これはいい。

とにかく一生懸命なフリをして、ねろりねろりと舌で裏スジや亀頭冠の部分を舐めてやる。

「おうう、い、いいぞ……うまいじゃないか、玲子くん」

冴島が震えながら言う。

「ホントですか。うれしい」

甘えるように言いながら、一気に咥えこんだ。

「おおう」

冴島の足がひくひくしている。好きでもない男だけど、感じてくれているのはうれしい。さらに奥まで咥えこんで、舌を使ってしゃぶってやる。

「おおお……」

冴島は天井を仰ぎ見ている。口中で勃起がピクピクしている。かなり感じているようだった。

玲子はここで一気に決めにかかる。

冴島のそり返った肉竿をしゃぶったまま、ゆったりと前後に顔を打ち振った。

「ううん、ううん……うっ、んっ」

鼻息を漏らしながら、玲子は冴島の勃起の表皮に唇を滑らせる。

そして、ときおり咥えながら冴島の顔を見つめてやる。これが男には利くのだ。

「た、たまらんっ」

冴島は手を伸ばし、白衣の上から玲子の揺れるたわわなふくらみを揉みしだいてきた。

「んっ……」

ペニスを咥えていた玲子はビクッと震える。

このままだと押し倒されて、ヤラれてしまいそうだ。玲子はフルピッチで顔を前後に打ち振った。

「おおっ、おおっ、ま、待てっ……待て……玲子くん」

冴島の焦りぎみの言葉を尻目に、深く根元まで咥えこんだときだ。

「おおおっ……」

冴島が吠《ほ》えて、口中に粘っこいものが流れこんできた。

イッたのね……あら、量が少ないわ。疲れているのかしらね。

これくらいなら飲みこめそうだ。臭いと舌触りをガマンしながら、出し終えたのを確認してから、玲子は勃起を吐き出した。

「いやあ、素晴らしかったよ。ん？　ティッシュか？」

冴島が立ちあがり、デスクのところまで行ってこちらに背を向けた。その隙にローテーブルの下に盗聴器を取りつける。わずか一センチだが、高性能だ。一週間は電源が持つし、電波は十五キロくらい軽く飛ぶ。

フェラ一回分で盗聴器一台なら、悪くないコスパかしら。

5

土曜日。午後一時。

莉緒はインプレッサに乗って首都高速道路《しゅとこうそくどうろ》を走っていた。

捜査一課特務班の捜査車輛《しゃりょう》である。エンジンは専用設計で、ツインスクロールターボを採用した加速はすさまじいものがある。八〇〇〇rpmのレッドラインまで引っ張ると、一速で時速六十キロ近く出る。なにせ元々ラリーカーのベース車輛である。フロントのどデカいエアインテークや巨大なリアスポイラーが、スピード狂の莉緒の心をくすぐる。

ヤンキー時代は車高を下げまくったワゴンRに乗っていた。ターボを載せ、マフラーを交換し、サスやパッドも改造して首都高や第三京浜《だいさんけいひん》を走りまわった。ちょっとだけ名の知れた走り屋であった。

そんな走り屋としては、この改造インプレッサは最高だ。ついつい昔のくせでエンジンを吹かしてしまう。ミニパトでは味わえなかった高揚感だ。

——ちょっと。あんたもしかして、昔ヤンチャしてたの？

無線で玲子が咎《とが》めてきた。

危ない、危ない。おとなしくしていないと。

「そんなわけないじゃないですか、玲子センパイ。こんな速いクルマに初めて乗るのでドキドキしてます」

少しアクセルを踏むのを弱めて走る。

——そう？　ならいいけど。見失わないでよ。

「了解」

フロントガラス越しに二台先を見る。

白いポルシェ。目立つので見失うことはない。乗っているのは東京湾岸医療センターの広報室の片貝だ。

先日、玲子がSMバー「ミストレス」の会員証を片貝が持っていることを確認していた。なかなか尻尾《しっぽ》を踏ませないなか、唯一の手がかりだ。片貝の線から探っていきたいと、彼を見張ることにしたのだ。

神田橋《かんだばし》インターをすぎると、少しずつ渋滞がなくなってきた。大きなカーブを曲がると江戸橋《えどばし》ジャンクションだ。片貝のポルシェは右端に移動する。銀座方面に向かうらしい。

どこに行くんだろう。

一台のセダンを挟んでついていく。

——なかなかうまいじゃないの。その調子。

「ありがとうございます、玲子センパイ」

玲子は莉緒の運転するインプレッサのドライブレコーダーの画面をリモートで見ている。

玲子といっしょに乗りたかったなあ。

莉緒はインプレッサの革ステアリングを握りながら、ふと思う。

昔から警察はキライだった。貧乏だったから、子どもの頃から悪いことをした。生きるため、というのは大げさだが、どうせ警察は何もしてくれないし、なんなら権力側にいて貧乏な莉緒たちを目の敵にしていた。

警察官になったのは、悪いことをするのにも飽きたという以外に、復讐《ふくしゅう》の意味もあった。莉緒が見ていた警察官は、莉緒たちをいやなものでも見るような目つきで見ていた。教師もそうだった。

だから莉緒も同じになろうとした。警察官なんて適当にやって弱い者いじめをしていれば務まる職業だと思っていた。

ギャルっぽいメイクのまま、交通課交通総務係で適当な仕事をして、マッチングアプリで男を漁る。あとは金を持っている優しい男を探せばいい。

そんなふうに思っていた。だが、玲子と出会って少し気持ちが変わった。

セクシーな牝刑事なんて渾名《あだな》をつけられて、男に媚《こび》売って仕事をしているように見えても、内面は熱くて格好がいい。自然と「センパイ」呼びしてしまうようになったのも、格好いいレディースの先輩に憧れていたときの気持ちと同じだった。

もうちょっと真面目に、仕事してみようかと思ったのだ。

銀座を過ぎて湾岸線《わんがんせん》に出たときだった。

ふいに大型のSUVが左車線から莉緒のインプレッサを追い越してきた。

ベントレーだ。

4リッターV8ツインターボエンジン。

昔ヤンキーだった頃に、女衒《ぜげん》みたいなことをしていて稼いでいた最低の男が乗っていたヤツだ。

その男のことをあまり好きではなかったし、このクルマの中に連れこまれてレイプされかかったので、あまりいい思い出のないクルマである。

気になったのはベントレーという車種だけではない。

インプレッサの追い越しかたが、まるでこちらを意識していたようだった。

誰が乗っているかはスモークで見えなかった。なんとなく気をつけようと思っていた矢先だった。

ベントレーが二台前の片貝のポルシェに幅寄せした。

――危ない！　莉緒！

無線から玲子が叫んだ。

ポルシェが中央分離帯に乗りあげた。

外れたドアミラーが飛んできて、インプレッサのフロントガラスに当たり、ひびが入った。

ちょ、ちょっと！

ポルシェがビリヤードの要領で、跳ね返ってこちらに向かってくる。

莉緒は瞬時にミラーを見た。

左車線にはクルマがいない。やるしかない。

時速百キロ近くでハンドブレーキをかける。タイヤがキキキキと唸り、ゴムの灼《や》けた臭いが鼻に入ってきた。

インプレッサはドリフトで横滑りしながら急激に減速し、高速道路で車体を横にして止まった。間一髪でポルシェとの衝突は避けられた。ポルシェは後ろから来たトレーラーに衝突した。

バックミラーで見たら、ポルシェのフロント部分が完全につぶれていた。

いかに頑丈なドイツ車といえども、巨大なトレーラーにぶつかってはひとたまりもないだろう。スキール音があちこちから鳴り響き、白煙があがる。クラクションがあちこちから聞こえてきた。

――莉緒！　莉緒！

玲子の声が無線から聞こえた。

「大丈夫ですっ……ったく、クソ野郎が」

莉緒の暴言に、玲子は「大丈夫そうね」と苦笑いした。

インプレッサで助かった。パワーとトルクがふつうのクルマとは違う。

いつの間にかまわりに白煙があがっていた。

タイヤの摩擦だろう。

――よかった。というか、あんた、あんな芸当できたんだ？

「その、まあ」

お茶を濁していると、ターボチャージャーのエンジン音が聞こえた。

右側のサイドミラーに、バンパーの壊れたベントレーが迫ってきていた。

――あのベントレーね。おそらくあんたも狙ってるわ。逃げて。

「はいっ」

どうやら、ベントレーは片貝と莉緒を狙っているらしい。捜査車輌でもかまわずにぶつけてくるとんでもない輩《やから》がいるということだ。病院の連中だろうか。

さて、どうするか。

とにかくアクセルを踏んだ。

一気に加速して、右に左に車線を変更しながら、走っているクルマを交わしてさらにスピードをあげていく。

——莉緒！　一号線を走って。そっちは渋滞がないわ。

看板を見る。

左車線に分岐していた。あと五百メートル。

「了解っ」

左車線に入る。

すぐ後ろからベントレーが迫ってきていた。

——湾岸線を走って横浜《よこはま》まで行って、応援が入るから。

「わかりました。でもとにかく早くお願いします。左のタイヤがすり減って、バランスが悪いんです」

「こんな状況でよくわかるわね。なるべく早く応援いかせるから」

湾岸線は空いてるといっても、クルマが多い。

もう追いつかれそうだ。

五感を研ぎすませて、スピードをあげながらも、減速しないようにひた走る。

百五十、百六十……。

前のトラックが、すさまじいスピードのインプレッサに気づいたのか、ウインカーを出して左に避けた。

そのときだった。

その前に、ワンボックスカーがいたのはわからなかった。

しかもそのクルマは追い越し車線にいながら、のろのろと走っていたのだ。

まずい！　ぶつかる。

急ブレーキをかけて先ほどのようにドリフトしても、今度は左に避けたトラックにぶつかってしまうだろう。

莉緒は極限まで集中した。

前を走るワンボックスカーと左車線のトラックの隙間を、わずかな時間で目測した。

おそらく、インプレッサの幅ぎりぎりだ。

ええい、行っちゃえ！

莉緒はそのままアクセルを踏みこんだ。

トラックとワンボックスがハンドルを切らないことを祈るしかない。

インプレッサは猛スピードで、トラックとワンボックスの間を走り抜けた。

トラックにサイドミラーがかすり、ミラーが取れた。

わずかに右側のボディがこすれたが、なんとか衝突せずに、トラックとワンボックスの間をすり抜けることに成功した。

バックミラーを見る。

トラックとワンボックスが減速している。おそらくベントレーは、トラックさらにその後ろだ。いったん減速しただろう。しかし、すぐにまた速度をあげて襲ってくるはずだ。

どうするか。

莉緒はさらにスピードをあげて、なるべく大きなクルマの陰に隠れるように走る。

大井南《おおいみなみ》インターの看板が見えた。

これだ。

走っていると、ベントレーがトラックの横に出てくるのが見えた。

次第に距離をつめてくる。ぶつけるつもりだろう。

今だ！

莉緒は一気に減速して左の車線に移動し、そのまま大井南のインターで降りた。

ベントレーはさすがにUターンできなかったようだ。

そのまま湾岸線を走っていくのが見えた。

インターで降りてから、莉緒はコンビニの駐車場に入って車を停《と》めた。

「なんとか逃げきれたみたいです」

無線で玲子に伝える。

――怪我《けが》は？

言われて、首が痛いと思った。

ドリフトしたときに、首を持っていかれたのだろう。

「首が痛いです」

――わかったわ。そのインプレッサは乗り捨てて、タクシーで警察病院に行って。

私も行くわ。

「了解です」

――しかしとんでもないわね、あんた。なるほどねえ、ここに呼ばれた理由がわかったわ。

「昔のことです。いちおう名のとおった走り屋だったんで」

集中が切れたら、なんだか全身が痛くなってきた。

絶対にお礼参りしてやる。

第五章　深夜の院内潜入

1

「なんだ。失敗したのか」

医師会のパーティに出席していた東京湾岸医療センターの田渕は、冴島から捜査官の襲撃の失敗を耳打ちされて眉を曇らせた。

「だが、片貝が警察にマークされていたのは本当だったんだな」

田渕が訊くと、冴島は頷いた。

「片貝のクルマをずっと尾行していたらしいです。運転していたのは女警察官だったようですが、見事に逃げられました」

「トレーラーにぶつかって即死です。ぶつけたベントレーは川口《かわぐち》の無許可の解体工場にまわしてあります」

「片貝は？」

冴島は少し気の毒そうに言った。片貝は若いわりによく気の利いた男だったから、殺すのは惜しかった。ちょっとした違和感でも躊躇《ちゆうちよ》なく始末しろという中国人の容赦のなさには相変わらず震えあがる。

「しかし、ハオさんはなんで片貝を始末しろと言い出したんだ」

「例のSMバーから足がついたんじゃないかと推測してます。それに、倉庫の一件でも……片貝が闇サイトでバイトを見つけてきたことを、ハオさんは問題視していましたから」

「どうもこのところうまくいってないな。ハオさんが、こちらの情報が漏れてるんじゃないかと言っていたが……あの事務員は問題ないのか？」

「仁科玲子ですか？」

「そうだ」

「彼女は問題ないですよ。ただの事務員です」

冴島がやけに自信満々に言った。

「なんだ、もしかしてヤッたのか。まあ、いい。彼女のことはあとで調べてみよう。それよりも警察は院長が圧力をかけてたんじゃないのか？」

田渕がグラスのワインを飲みながら言った。冴島もワインを呷る。

「それが……噂だと新しい部署をつくって動いているのではないかと。警察内部に別の力が働いているのでは……」

「公安か？」

「それもあるようですが、アメリカの圧力ではないかと。ＳＬＧとウチの関係を怪しんでいる節があります」

「厄介だな。とにかく実験の完成を急ぐしかないな」

「ええ」

会話をしているときだ。

まさにその警察官僚が現れて、田渕はグラスを置いて挨拶に行った。警察庁生活安全局長の白木だ。次期警察庁長官もささやかれる大物である。媚を売っておいて損はない。

「白木さん、ご無沙汰してます」

田渕が軽く頭を下げた。

「おお、田渕くんか。相変わらず医師会のパーティは盛況だねえ。うらやましいよ」

「いえいえ。それよりどうですか、久しぶりに」

ゴルフスイングのまねをすると、白木は笑った。

「そうだな。考えておくよ。そうそう、娘を紹介させてくれ」

白木の隣にいた美女が頭を下げた。

先ほどから気になっていたのだが、娘だったのか。

「白木里枝子です」

美しい所作で頭を下げられ、田渕はハッとした。

「田渕です。お父さまにはいつもお世話になっていて」

笑いながら里枝子を見た。

後ろで結わえた黒髪に、タレぎみの柔和な目。気品を感じさせるシュッとした鼻梁《びりょう》に艶やかな赤い唇。着物がよく似合う落ち着いた和風美人だ。

なんて美しさだ。着物で隠れているが、スタイルもよさそうだ。特に着物の尻は見ているだけで欲情してしまいそうなほど色っぽい。

田渕は記憶を辿る。

確か白木から聞いたところによると、三十九歳で子持ちの人妻だったはずだ。

なるほど、後れ毛のある白いうなじからは、ムンムンとした人妻の色香を漂わせている。たまらんな。一度お相手してもらいたいものだ。

「里枝子は復職して、今は新設された部署にいるんだ」

白木が言った。田渕は目を細める。

「新設……ですか？」

「お父さま」

里枝子が目配せした。よけいなことを言うな、という目つきだ。

ふたりが去っていくのを見ながら、田渕は冴島に言った。

「ハオさんに連絡しろ。つけまわしている連中のひとりがわかったと」

「承知しました」

冴島がすぐに姿を消した。

2

代々木《よよぎ》にある東京オペラハウスでは、ゲーテの劇詩『ファウスト』が上演されていた。

古典中の古典だが、難解な部分も多い戯曲で、ファウストが悪魔メフィストと出会い、死後の魂の服従を交換条件に、現世で人生のあらゆる快楽や悲哀を体験させるという契約を交わすというシーンが有名だ。

その第一部では、悪魔メフィストの助力を得て、官能的享楽の限りをつくそうとする。比較的わかりやすいのが、今行われている第一部だ。

「莉緒さんは大丈夫だったのね」

里枝子がまっすぐに前を見ながら、隣に座る刑事部長の前川に訊く。

医師会のパーティに寄ってから、すぐに駆けつけたのだ。

「軽傷でしたが、念のために入院しています。片貝は即死。ベントレーはいまだ見つかってません。自動車の修理工場をかたっぱしから探しているんですが」

「まさか、こんなに早く動いてくるなんてね」

「片貝から情報が漏れそうになったのを察知したのでしょう」

前川があくびをした。

どうやらオペラはお気に召さないらしい。

「ここに呼んだのは、もう少し突っこんだ話を訊きたかったからよ。ねえ、この案件は、公安もマークしてるんでしょう?」

「ご存じでしたか」

前川が目元を指で拭いながら答える。

「父の持っていた書類を見たわ。中国はいったい何をさせようとしているの？」

前川はまたあくびをしてからささやいた。

「奥さま、単刀直入に言います。この仕事を降りていただけませんか？」

突然の言葉だ。

里枝子は目を細める。

「ずいぶん勝手ねえ。急に捜査一課の別班に入ってほしいと言ったり、今度は抜けてほしいと言ったり」

あきれて言うと、前川は焦った顔をした。

「いや、それは……向こうがこれほど早く、しかも攻撃的に来るとは思わなかったもので……奥さまに危険が伴います。局長や副署長に合わせる顔が」

「いやよ」

里枝子がぴしゃりと言う。

「玲子さんや莉緒さんが身体を張ってるんだから、私も手伝います」

「いや、しかし……」

「どこまでつかんでるの？　教えてほしいのですけど。教えていただけなかったら、外務省ルートを使うわよ。こちらのつかんでいる話を流すけど」

「それは勘弁してください」

前川がため息をついた。面倒を起こさないでくれと言う顔である。

「実は国内で中国の工作員が活発に動きはじめた様子なんです」

「国内で？　先日の台湾総統選挙で保守派の勢力が勝ったから、この秋のアメリカ大統領選まで目立った動きはないと訊いたけど」

「私もそう訊いていました。ところが、盤石と思われていた中国中央政府も、一蓮托《いちれんたく》生《しょう》というわけでもないようで。水面下では凄惨な権力闘争が行われているようです」

オペラがちょうど盛りあがりを見せている。

里枝子は少し大きな声で言った。

「やってる感を出せば、それでいいと言ってたはずだけど……話が変わってきたようね。そろそろ特務班全員に裏の話を教えてほうがいいんじゃないかしら」

「確かに。松木も狙われましたしね。実は今回の話は、若い女性を狙った人身売買だと思っていました。相手先は中国かと。でも、どうやら話は単純ではないようで」

「東京湾岸医療センターがからむわけね」

「ええ。ふたりの女性とは別に紺野結愛は間違いなく、誰かに目をつけられて拉致されています。玲子の潜入捜査のおかげで、広報の片貝と冴島はマークできました。それと脳神経外科の部長の田渕」

「あら、田渕さんには会ったわよ。さっき、医師会のパーティで」

里枝子が言うと、前川は渋い顔をした。

「これからは気をつけてください。それとハオ・ユー・シュエン。SLGの日本支部戦略経営室室長です。このハオが中国の第三勢力と密接な関係があるのです」

「前川さんの言う中国第三勢力というのは、何が目的なの？」

「第三勢力は中国にいるトロツキストと手を組んでいます」

「トロツキストって？」

「レーニンとともにロシア革命を主導したトロツキーの考えを引き継ぐ人々です。いわば過激派の代名詞。それらが中国や台湾、そして日本にも同志がいる。この過激派は台湾有事を狙っています。台湾でことを起こし、中国とアメリカを衝突させようという目論見で」

「とんでもない話じゃないの」

里枝子はあきれて言った。

「あくまで仮説です。しかし実は台北《タイペイ》の郊外で爆弾騒ぎがありまして。四人が死亡。五十六人が軽傷を負ったという。その事件に第三勢力が関与していると外務省から訊いています」

「そんな過激派がSLG、そしてSLGからバックアップを受けている東京湾岸医療センターとつながっていると。これはもう警察じゃなくて、外務省や公安の問題じゃないのかしら」

「それが……公安も外務省も警察にやらせる気満々です」

「自分たちの手は汚したくない、ということかしら」

「というよりも、アメリカに貸しをつくりたいみたいです。アメリカの圧力で警察に新規部署をつくり、潜入捜査をした。そこでその新規部署がうまくいけば、アメリカにいい顔ができる」

「結局、面子にこだわっているだけじゃないの。こっちは、命の危険があるというのに」

「そうなんですけど……もうあと戻りできないというか。ですから、奥さまには手を引いてほしいのですが」

「引きません。わかったわ。この話、すべてチームに共有して。おそらく天鬼さんや莉緒さんには雲をつかむような話でしょうけど」

里枝子が決意を新たにすると、前川は小さく頷いた。

「くれぐれも危険な場所には行かないでください」

「子どもじゃないのよ」

「いいえ。それだけは守っていただきたい。私どもはサポートしますから」

オペラの第一幕が終わる。

スタンディングオベーションが自然に広まった。ほとんどストーリーを見落としたのは残念だ。

3

玲子は警察病院に行き、莉緒の入院している病室をノックした。

「神崎だけど、いいかしら」

「あ、どうぞ」

スライドドアを開けると、莉緒がパジャマ姿でパイプ椅子を用意していた。

「いいわよ、自分でやるから」

パイプ椅子を受け取り、腰かける。

ショートパンツと革ジャンのスタイルは久しぶりだ。このところずっと白衣を着て、清楚な看護師をひたすら演じていて、とにかく疲れた。

「あんた、名のあるヤンキーだったとはね」

玲子が言うと、莉緒は照れ笑いした。

「恥ずかしい話です。喧嘩はそれほどでもなかったけど、走りでは誰にも負けたことがなくて」

「元ヤンの刑事か。面白いわね」

「なりたくてなったわけじゃないんですよ。そもそも警察なんてキライだったし。でも警察って、交通課とか総務課ならラクそうだなって。私、唯一の自慢は前科がつかなかったことなんです。それで警察官の面接に受かって、適当にやっていこうと。まさか刑事になるなんて」

「なるほどね。でも、頑張ってるじゃないの」

玲子が褒めると、莉緒は「えへへへ」とはにかんだ。

「最初はいやでいやでしょうがなかったんですけど、玲子さん見てたら格好いいなあと思えちゃって」

「格好よくなんてないわよ。ただ仕事してるだけ」

玲子が笑った。

「私？」

「格好いいじゃないですか」

莉緒の目がキラキラしている。顔立ちは本当にアイドルのように可愛らしくて、これが元ヤンなのかと言われても信じられない。

「私も、せっかく刑事になったんだから、玲子センパイみたいに頑張ってみます」

短絡的だなあ。

だけど、キライにはなれない。

「いいけどね。でもあんた、面が割れたからな。これからは慎重に行くんだよ。ゴリラをボディガードにつければいい」

「ゴリラって、天鬼さんのことですか？」

「ああ。とにかく粗暴だけど、腕は立つからな」

「わかりました」

「素直じゃねえかよ」

「センパイを慕っているからです」

さらりと言われて、玲子は照れた。

「そんな部活みたいなこと言わないでよ」

「いけませんか」

「いけなくはないけどさあ。それより、何それ」

照れ隠しに莉緒の持っていたぬいぐるみを指さした。

「これですか。私の好きなアニメに出てくる犬なんです。もふもふしていて可愛いでしょう?」

莉緒が犬のぬいぐるみに頬ずりする。玲子は苦笑した。

「ふうん。どういうアニメ?」

「スパイのアニメなんです。この犬は実は爆弾を埋めこまれていて、兵器にさせられそうになった可哀想《かわいそう》な犬なんです」

「爆弾……第二次世界大戦中にドイツがそんな研究してたらしいけど……」

「そのアニメの舞台はまさにその時代なんです」

「なるほどねえ。面白そうだわ。今度見てみるわね」

「はいっ!」

莉緒が元気よく返事した。

どうもこの子と話しているとペースが崩れるが、悪い気分ではない。

4

天鬼は特務班の机に脚を投げ出しながら考える。

ＳＭバー「ミストレス」に通じていたのは、東京湾岸医療センターの広報部長だった片貝という男だった。

だがちょっと近づいただけで、相手は先手を打ってきた。

たどられるのが、よほどいやだったのだろう。片貝を消すとは思わなかった。

危険を犯してまで、証拠隠滅を図るやりかたは日本のヤクザというよりもイタリアや中華マフィアのやり口だ。

爆弾テロとＳＭバーか。

なんだかさっぱりわからない。

前の席に座る伊川がパソコンを開いて、熱心に画面を眺めている。

英語の文字が羅列している。しかも単語が難しそうで、英語が苦手な天鬼にはちんぷんかんぷんだった。

「おおい、天才、何を調べてるんだよ」

伊川が振り向くと、口のまわりがケチャップだらけだった。

何か食べてないと気がすまないのか。やたらと臭いがすると思ったら、ファーストフードのポテトを囓《かじ》っていた。

「まったく、そんなに食べてばっかりいたら、よけいに太るぞ」

手を伸ばして、伊川の脇腹をつねってみる。

あまりにだるだるで、思わず「うわっ」と叫び出しそうになった。

そういえばこいつはさっき、ロールケーキを一本平らげていたな。

「いいんだもおん。それよりこれ、脳神経学科の小野寺さんって人が出した論文なんですけど、すごいね」

「ああ、なんだっけ。人間の脳みそにマイクロチップを埋めるとか?」

「そうそう。脳とコンピュータをつなぐブレインリンクって言うらしいんだけど、できたら面白いよねえ」

「SFの世界だな」

天鬼は脳みそにチップを埋める絵を想像する。

不気味だ。不気味すぎる。

「頸髄《けいずい》損傷や筋萎縮性側索硬化症といった、両手両足に麻痺《まひ》を持つ人にチップを埋めることで、脳が活性化して動くようになるんだって」

伊川が赤い舌で口のまわりを舐めた。

言ってることは立派だが、仕草はゾッとする。

「でも、まだまだ先の話だろ？」

「いんや、来年にも厚生労働省で臨床試験の承認が下りるらしいよ。というか、実験はもうやってるみたいだね、あの病院でも」

「へえ、それはすごい。っていうか、なんか内部資料っぽいけど、なんのサイトを見てるんだよ」

「部外者アクセス禁止の内部資料だよ」

伊川がこともなげにいった。

「えっ、あの、それって犯罪じゃないのかよ」

「だって、警察からならアクセスしてもバレないんだもん。ハッキングしちゃった」

「いやいや、まずいに決まってるだろう。早く抜けろよ」

「でも、へんなんだよなあ」

「何が？」

「この研究、あんまり医学的なこと書いてないんだよねえ」

「じゃあ、何が書かれてるんだよ」

「それはわかんないよ。この先はセキュリティが厳重で、さすがの僕でもちょっと入れない」

「何を騒いでいるのかしら」

背後から里枝子の声がした。

慌てて天鬼がパソコンを強引に閉じた。

「いったぁ！」

伊川が叫んで手を引っこめる。閉じた拍子に両手を挟んでしまったようだ。

「あらあら、大丈夫なの？　伊川さん」

里枝子がやってきて、パソコンを開いた。さすがセレブでキャリアのエリート警察官だ。すぐにその情報が何かわかったらしい。

「ちょっと……これって……あの病院の内部資料じゃないの？」

里枝子が目を細める。

「あははは、ちょっとだけ暇だったから、おいたしちゃって」

伊川が笑ってごまかそうとする。今さらあほか。天鬼も笑った。

「これ、まずいっすよね。おい、先生、早く消して……」

天鬼が慌てて言うと里枝子は、

「いいわ、続けて」

と言い出したので、天鬼は啞然《あぜん》とした。

「ええっ、いいんすか」

天鬼が訊くと、いつもはおっとりした雰囲気の柔和な里枝子は、きりっとした真顔になった。

「莉緒さんが危険な目に遭ったのよ。それに、相手はどうやらなりふりかまわないようだし。特務班でやるしかないのよ。この事件の裏側を教えるから、メモしてちょうだい」

「裏……裏なんてあるのかよ」

なんだか面倒くさそうだが、面白くなってきたようだ。

5

東京湾岸医療センターに戻った玲子は屋上の柵の前に立ち、レインボーブリッジを眺めながら里枝子と通話していた。

「なあんだ。あの人、ハッキングなんて芸当できるなら、さっさとやってくれればいいのに」

——偶然入れたみたいよ。誰かがアクセスしていてセキュリティが緩くなっていたとか言っていたわ。

伊川の造形を思い出す。

まるで子どもがそのまま成長せずに大きくなったような男だ。まさに天才肌だが、協調性ゼロで、機嫌が悪いと何もしない。

と言っても、マックのポテトを与えれば大抵の無茶は聞いてくれるんだけど。

「それにしても、真面目な班長さんがよく許したものね」

——いきなり莉緒さんが襲われるたんだから、黙っていられないでしょう。相手がその気なら、こっちもなりふりかまっていられないわ。

へえ、と思った。

「お嬢様にしては、気合入ってるじゃないの」

——そんなこと関係ないわ。それより簡単な説明だったけど理解できたかしら。ブレインリンクという名前らしいけど。

「実は内緒で国産BCI（脳コンピュータ・インターフェース）を進めてたってわけね」

——そう。アメリカがずいぶん先に行ってるとばかり思っていたんだけど、伊川さんの説明によると、東京湾岸医療センターの研究もかなり進んでいるらしいわ。

「脳とデバイスを直接つなぐなんてねえ。いつか人間が機械に操作されるわね、おそらく」

——確かにそうかもしれないわね。医療に純粋に使うんだったらいいけど、これが犯罪に使われたらと思うと、ぞっとするわ。

「脳にチップを埋めこむ……ねえ」

まるで遠いSFのことのようだが、意外と身近な話のようだ。

そういえば、つい最近も何かそんなような身体に何かを埋めるなんて話を、誰かとしたような気がする。

思い出せ。

倉庫が爆発する前、あの拉致された紺野結愛の取引があったときに、

——大事な商品に傷つけやがって、てめえら運がよかったな。開発が進んでたら吹っ飛ぶところだったぞ。

スーツの男が言った、あの台詞がずっと引っかかっていた。

そして……そうだ。

莉緒が病室で「爆弾犬」のことを言ったのだ。第二次大戦時に、ドイツがやった非道なる実験を……。

——玲子さんっ。どうしたの。聞いてる？

里枝子の声が聞こえた。

「チップの代わり……いや、チップといっしょでもいいのか……」

——玲子さん？

「ねえ、もしかしてこの病院のヤツら、脳に爆弾埋めこんでるんじゃない？」

「えっ。何を言ってるの？」

「最近、台北で起こった自爆テロ。美人ばかり狙われた拉致事件、ハニトラ……彼女たちの頭に爆弾を埋めこんでいるんじゃないの。ハニトラで女をあてがって、そのまま爆破させるとか」

突拍子もなさすぎる。スパイドラマやアニメの世界だ。

だけど、ありえなくはない仮説だと思った。

そこまで現代の科学が発展していたら、やれないこともない。

――まさか。
里枝子は絶句してから、話しを続ける。
――そのチップが、起爆装置……外からリモートで爆破できるとか。
「かもね」
それと、SMバーの関係はなんだろう。
わかったようで、わからないことだらけだ。
里枝子と通話を切った。
眼下を見る。
あの研究所はセキュリティが万全だ。簡単には潜りこめない。
さてどうするか。とにかく忍びこんでみるか。

6

深夜になった。
医療事務員は遅くても夜九時には退社するのだが、今日はレセプト（診療報酬明細書）の間違いがあり、しかも季節の変わり目だから患者も多かったので、作業時間が伸びてしまったのだ。

事務の人間はすべて帰ってしまった。

好都合だった。

玲子は仕事を終えると、看護師たちが使うシャワー室を使い、メイクや香水の匂いをすべて落とした。

誰かいれば「帰る前にシャワーを浴びた」と言い訳するつもりだったが、幸い誰も会わなかった。玲子は髪を乾かし、スポーツタイプのブラジャーとパンティを身につける。

Fカップのバストが締めつけられるのはきついし、最近シテないからその刺激だけで乳首が立ってしまい、グレーのブラジャーの中心にポッチが浮いてしまっていた。

三十二歳の女盛りの肉体は男に慰められないと乾いてしまう。

まさに牝刑事ではないかと自分を戒めつつ、下着の上から黒いラバースーツを身につける。

エナメルの光沢は、特殊な塗料でつや消しされている。

光を反射させないマットブラックで、潜入用にＳＩＴが開発したボディスーツだった。

ぴったりとした素材なので、妖しいばかりに成熟した玲子のボディラインを浮き立たせており、かなり悩殺的だ。ふくよかなバストやヒップのまるみが、悩ましげにさらけ出されてエロティックなのだが、素材はナノファイバーで防弾性や防寒対策も施されている最新のボディアーマーなのだ。

その上から、ピンクのニットとベージュのスカートを穿く。足下はローヒールのパンプスだが、爪先が特殊加工されて安全靴のように頑丈にできている。

その格好で、いつもの通用口に行く。

「ありゃ、今日はずいぶん遅いようだね」

ＩＤカードを出していると、いつもの警備員のおじさんがにこやかに話しかけてきた。

「残業で大変なんですよ。それに季節の変わり目で患者さんも多かったし」

「そうか。そりゃあ大変だ。あんたも風邪には気をつけなさいね」

「ありがとう、おじさん」

ＩＤカードを見せると、いつものように「ご苦労様でした」と声をかけてくれる。そして「ちょっと待ってて」と警備員室に入ってから、また戻ってきてミカンをくれた。

「よかったら、持っていって家で食べて」

「いいんですか。ありがとうございます」

警備員のおじさんのぬくもりが、ミカンからほんのり感じられた。

柔らかくて甘そうなミカンだ。

「四月から、いろいろ変わりそうだね。あの南棟も取り壊すらしいし」

伸びをしながら、おじさんが言った。

「えっ、そうなんですか？」

「ああ。しばらく放置してたからね。ようやくって感じかな。たまに明かりらしきものが見えて、不気味だったからちょうどええわ」

「明かり？」

玲子が訊くと、おじさんは眉をひそめて言った。

「うん。夜中にな、たまあに見まわりしてると、南棟から、ぼんやり明かりが見えるんよ。気味が悪くてな。鍵がかかって誰も入れないはずなのに」

「やだ、私、怪談だめなんですよ」

怖がったら、おじさんが笑った。

「怖がらせてしまったかねえ、ごめんごめん」

おじさんが頭をかいた。玲子は「じゃあ、また」と、通用口を出る。

なるほど、旧南棟か。玲子の目が鋭くなる。

院内の監視カメラの位置はほぼ把握している。映らないように建物に沿って広い敷地の中庭を歩いていく。途中に植えこみがあって、そこで姿を隠して黒いラバースーツ姿になる。

さらに歩いていく。南棟の前まで来た。

見た目は古い洋館のようだ。あたりを見まわす。気配に神経をとがらせつつ玄関に近づく。

ガラス戸のドアには鍵がかかっている。

しかし、ペンシル型の小さな懐中電灯を当ててみると、鍵の部分は埃《ほこり》も錆《さび》もなかった。なんだかふだんから使われている印象だ。

ビンゴだ。玲子は慎重に合鍵を使って鍵を開ける。

合鍵は警備員のおじさんがいないときに、ちょっと拝借して型をとってつくったものだ。中に入り、内側から鍵を閉める。

目をこらすと、ぼんやりと月明かりで内部が見えてきた。

古い診療所のような受付があって、それを通り過ぎて慎重にリノリウムの床を歩いていく。そのときだ。かすかに音が聞こえた気がした。ほんのわずかな物音だ。耳を澄ます。下か。

階段を降りて地下に行くと、うっすらと明かりが漏れている部屋が奥にあった。

誰かいる。緊張が走る。

明かりの漏れている部屋には手術室の札があった。

思いきってドアノブに手をかけてまわすと、重い扉が静かに開いた。数ミリ開くと低い声が聞こえてきた。

「もったいないな。ここで実験してたほうがラクなのに。あっちは遠すぎる」

「でも、嗅ぎまわっているのがいるのは間違いないらしいからな。とにかく不安なことがあればすぐにつぶしていくのが、中国のやりかたらしい」

声だけ聞こえるが、誰なのか、何をしているのかが見えないのが歯がゆい。

しかし、これ以上ヘタに動けば見つかってしまう。

じっと耐えていると会話がやんだ。

「はい。ええ。今、片づけてます」

電話のようだ。会話からすると上司だろうか。

「さっき、ミシマが薬品を落として……ええ。わかってます。田渕さんには伝えてありますから」

田渕と聞こえた。それとミシマ。田渕は脳神経外科の診療部長のことではないだろうか。

頭の中にインプットする。

「ええ。はい……羽田道代も移送しておきました。ええ。やはり吸入ではだめです。ジアソビンを静脈内投与するのであれば比較的肝臓や腎臓への負担も少なく、記憶の欠損も少ないようでした。塩酸メドミジンを別に投与した場合の痛覚の完全喪失については、また改めてご報告しますので」

羽田道代と聞こえた。彼女の夫はこの病院に入院しており、先日亡くなったと聞いている。それと同時に、失踪したために警察でも自発的な失踪なのか事件に巻きこまれたのかわからないと言っていたが、やはり見立てどおり、紺野結愛と同じく拉致されていたのが確定した。

「まったく。オノデラさんはいつでも報告させるんだから」

「まさに科学オタクだなだから、あんなもんつくる気になったんだろうけど」

「その先は言うなよ。俺たちはあくまで研究しているだけだ。俺たちがつくらなければ、誰かがつくる。世界がどうなるかは開発者のせいではない」

「わかってるよ。よし、行こう」

玲子はそっとドアを閉めて、角を曲がったところで息を潜めた。男たちふたりが出ていった。暗がりで誰かはわからなかった。

尾けるか……いや。

会話を思い出す。薬品をこぼしたと話していた。

薬品とはなんだ。それが脳チップとどんな関係があるのか。

その薬品を手に入れられないだろうか。

五分ほど経ってから、玲子は先ほどの手術室のドアの前に立った。今度は鍵がかかっていた。古い病院だ。電子キーなどではない。つくりも簡単だ。

いちかばちか。

玲子はサプレッサーつきのピストルを取り出した。

サプレッサー用にカスタムされたMK22だ。ただし、サプレッサーを装着しても映画やゲームのように「プシュッ、プシュッ」ではすまない。

銃声を軽減できても爆竹程度の音はする。

病院の地下は、おそらく防音設備も整っているだろう。

さてどこまで軽減できるか。ちょっとした賭だ。

玲子は鍵に向けて、二発打った。

パンパンと乾いた音が暗い廊下に響く。古びた鍵の留め金が外れた。おそらくこの南棟は、どうせしばらく使われないだろう。そのままにしておく。

中に入り、足下を懐中電灯で照らす。

手術台らしきものの下に、うっすらと水をこぼした跡があった。やはりだ。小さな明かりで作業していたから完全には拭き取れなかったのだ。

何かないか。棚をライトで照らすと小瓶があった。空瓶だ。

こぼれた薬品に、その空瓶をつけて、なんとか採取した。

わずか数滴しか取れなかったが、なんとか解析できるだろう。

玲子は表に出て、植えこみでまた持っていたベージュのスカートとニットを上に着て、何食わぬ顔で歩き出した。

ふう、と大きく息をつく。

額や手のひらがじっとり汗ばんでいた。

門の外に出てから、停めていたレンジローバーに乗りこみ、すぐにスマホで電話をかける。SITの小玉だ。

「おい、なんだいきなり、こんな夜中に」

「久しぶりね。ねえ、鑑識に知り合いがいたわよねえ。分析してもらいたいものがあるんだけど」

「……新しい部署が突っこんでいる件か？」

「さすが、SITの若手のホープ。知ってるのね」

「概略だけな」

「それの件よ。調べてほしいことがあるの。六十三年のシャトー・ラトゥール、あんたにあげてもいいわよ」

「マジか。わかった。話を通してやる」

持つべきものは、無駄に顔の広い同僚だ。

7

次の日。

看護師の仕事を休んで、玲子は本部庁舎にやってきた。

レンジローバーのタイヤを鳴らしながら駐車場に入ったら、顔見知りの警察官にあきれた顔をされた。

こちらはもう一カ月も清楚な看護師になりすましていてへとへとなのだ。首都高を久しぶりにアクセル全開で走ったら、オービスが光ったので、あとで取り消してもらわねばならない。

「センパーイ！」

玄関に行くと莉緒が走って寄ってきた。グレーのジャケットに、同じくグレーのタイトなパンツルック。ショートヘアがアイドル顔によく似合っていて可愛らしい。

「もう退院したのね。それとショートの髪型、似合うじゃないの」

「わあ、うれしい。それより、証拠の取りかたが雑すぎるって、前川さんと班長が怒りマックスです」

いきなりいやなことを言われた。

昨日のうちにメールで薬品を手に入れた経緯《いきさつ》の報告は出しておいたのだが、ばか正直に書きすぎた。

「やれやれ……わかってるわよ。しっかりバツは受けるから」

並んで庁舎内を歩いていく。

久しぶりだから、男の警察官の衆目を浴びるのがうれしい。タイトミニにタイトなジャケットで身体のラインをアピールしてきてよかった。

久しぶりに特務班の部屋のドアを開ける。

特務班の三人……天鬼と里枝子と伊川がいた。前川が腕を組んで睨んでいる。

「おい、潜入捜査員としての役割だがな」

待ちかねたように、前川が口を出してきた。

「わかってるわよ。お説教はあとで聞くから。それより、鑑識さん、これ」

玲子は内ポケットから小さな小瓶を出して、伊川のまんまるの手に渡した。

「少なっ……ええっ、こっから成分を洗い出すのかあ」

伊川が小瓶を目の高さにあげる。ちなみに伊川に渡したのは、玲子が小玉の知り合いの鑑識に頼んだら、

「特務班なら伊川がいるじゃないか」

と言われたからである。

伊川は二年間鑑識にもいたらしく、成分鑑定もできるらしい。いったいこの太った熊の専門はなんなのだろうか。

「わかるかなあ」

「ええっ、お願いっ」

莉緒が伊川の手を握る。とたんに伊川のまんじゅうみたいな顔がふやけた。

「任せといてっ」

小瓶を持ち出して、一目散にドアを開けて出ていった。里枝子がやれやれとため息をついた。

「正規の証拠品にはなりませんよ、わかってるだろうけど」

不当な手段で入手したものは、証拠品として使えないのだ。

「もちろんよ。でも、これが何か事件を解く鍵に思えたのよ。それよりも、私の言った名前……」

「調べたよ、全員」

前川が口を挟んだ。

「田渕は、脳神経外科の田渕以外に該当する名前はない。ミシマはふたりいたが、ひとりは産休でいない。もうひとりの三嶋《みしま》も脳神経外科医だ。三嶋一豊《かずとよ》。二十六歳。そしてオノデラは研究所の小野寺のことだろう」

「ビンゴね」

玲子は納得したように頷いた。天鬼が大きなあくびをした。

「しっかし、脳にチップやら爆弾を埋めこんで、人間兵器にするってか。おっそろしいことを考えるもんだ」

「まだわからないけどね」

玲子が答える。里枝子が腕組みしながら言った。

「それよりこれからどうするか、ね。潜入は続けてみる？」

「どうかしら。昨日の件はバレてないと思うけど、ちょっと派手に動きまわりすぎたかしらね」

「前川さんの意見は？」

里枝子が尋ねた。

「わずかでも違和感を覚えたんなら、すぐに離脱してくれ」

「あら、案外ホワイト企業なのね」

玲子が感心した。

「捕まって、いろいろ吐かれたほうがコストの損失だ」

前川はしれっと言った。

解析は深夜になるとのことで、いったん解散してから、明朝に集合することになった。

夜十時。

玲子は自宅マンションでシャワーを浴びてから、パソコンを立ちあげた。

アプリをクリックする。しばらくは何も聞こえない。

先日、冴島の部屋に行ったときにテーブルの下につけた盗聴器だ。自動録音されたものを再生するも、これまではたいした情報は何も入ってこなかった。

ここじゃなかったかしらね。

二十倍の速度で再生する。ふいに音が聞こえた。慌てて戻す。

物音が聞こえた。ふう、というため息も聞こえる。

——もう時間がないとのことだ。四月になったら女たちは台湾に移すとさ。

電話をしているらしい。いつもの軽い感じではなく、低い声だ。

聞き取りにくいので音量をあげる。

——いや、俺たちは知らないというスタンスだ。知ってるのはハオさんだけ。あくまで俺たちがやったのは脳の研究だけだ。どう使って世界がどうなるかは、俺たちには関与しようがないからな。

冴島が言った。この口ぶりだと、東京湾岸医療センターは、すべて知っていながら研究しているらしい。鬼畜どもだ。

——それにしてもだ、追ってきている警察はどうするつもりなんだ。えっ、あの運転していたのは女なのか。ふうん、ショートヘアの美人か。世田谷だな」

背筋が凍った。

まずい。莉緒のことが完全にバレている。

玲子はすぐに莉緒に電話を入れるが、つながらなかった。LINEで狙われていることを伝えて、それから前川に電話を入れる。

「もしもし、前川さん？　深夜にごめん。今から莉緒に家に向かうから。このまま切らないで。運転しながら話すわ」

スマホを置いて、玲子はクローゼットのラバースーツに手をかけた。

8

莉緒は、新宿から出た快速電車に揺られていた。

最終近いから電車は満員だ。ローヒールを履いた莉緒は、サラリーマンふうの男たちの背中に挟まれ、不快な思いに顔をしかめる。

久しぶりだわ、満員電車。

特務班に異動になってからというもの、泊まりこみがあったり、まる一日何もなかったりして不規則な生活が続いていた。今日は三カ月ぶりぐらいに、ぷらりと飲みに出かけた。退院祝いである。

わりと男に声かけられたな。うん、まだ行けるわ。

ショートヘアにしたのがよかったようだ。自分でもこの丸顔にショートヘアは似合っていると思う。

実はショートヘアにしたのは、玲子の影響だった。

機動隊あがりの元SITという特殊部隊にいた男勝りの女性だ。

それなのに、容姿やスタイルのよさはモデルかと思うほどで、本人がそれを謙遜《けんそん》することもなく、惜しげもなく「いい女」っぷりを振りまいている。

そんな玲子に近づきたくて、とりあえず動きやすいショートにしたのである。

電車が次の駅に着くと、乗客が勢いよく乗ってきた。莉緒の身体はぐいぐいと押されて中央まで持っていかれた。

なんて混みようなのよ、もう。

ようやくドアの閉まる音が聞こえ、電車が動き出した。

そのときだ。

うなじを、チクッと針のようなもので刺された気がした。

いたっ。えっ……何？

人が多くて手を動かすのもひと苦労だが、なんとか動かしてうなじの部分を指で撫でてみる。何かに刺された痕があって、そのまわりがしっとりと濡れている。

えっ、何これ？　気持ち悪い。

まさかヨダレとかじゃないでしょうね。

電車が揺れる。莉緒も脚を広げて靴底に力を入れて踏ん張ろうとした。

だが酔っているからだろうか、力が入らない。

おかしい……。

力が入らないばかりではない。

そのうちに暑くてたまらなくなってきた。

ジャケットの下に着たブラウスが汗ばんでくる。

細身のパンツの内もものあたりが、じくじくと疼《うず》いた。

きっと暖房が暑すぎるのだ。もうすぐ四月だというのに、いい加減、冷房にしてほしいくらいである。

「あっ……」

また電車が揺れたときに、思わず甘い声を漏らしてしまった。

やはりへんだ。

ブラカップの内側が熱く疼いて痒《かゆ》くなっている。乳首が痛いくらいに立っている。Ｆカップの自慢のバストも張りつめていて、恥ずかしい。前のサラリーマンふうの男に乳房が当たらないように腕でガードしているのだが、その腕がこすれるだけで皮膚がざわめいた。

なんなの？　これは……。

しかもである。あろうことか女の恥ずかしい部分が、ジクジクと熱く疼きはじめてきた。身体の火照りが尋常ではない。

なんだか全身が、かなり恥ずかしいことになってきた。

自分でも思っていた以上に欲求不満なのか。

私、そんなに飲んだかしら……。

呼吸が乱れてきて、意識が朦朧《もうろう》とする。

そのときだった。

えっ……？

誰かにヒップを撫でられた気がした。

意識は朦朧としているが、感覚は敏感だ。

間違いない。

男の手のひらがぴったりとお尻に押しつけられ、スーツのパンツ越しにヒップのまるみを撫でまわしている。痴漢だ。

なんでこんなときに……いや……っ。

手を動かして振り払おうとしたが、手が動かなかった。自分のまわりだけ、男たちに身体を押しつけられているのだ。

集団で痴漢……ふざけるんじゃないわよ。

高校時代、こういう男たちを容赦なく捕まえていた。元ヤンの莉緒にすれば造作もないことだった。

だが今は、男たちを振りほどけない。

やはり身体が痺《しび》れている。手が動かない。脚にも力が入らない。

「あっ……んっ！」

触られて声が出てしまう。恥ずかしくなって莉緒はうつむいた。

ヒップのまるみと肉づきを確かめるような、おぞましい手つきだ。

薄い生地を通じて男の手のひらの熱さまで伝わってくる。

な、何するのよ……。

また車内がガタンと揺れた。

そのときを待ってましたとばかり、今度は別の手が伸びてきて、莉緒の太もものあわいに挿しこまれる。パンツスーツの脚の間に男の手があった。さかんに動いて内ももをさすってくる。

いやっ……やだっ、ちょっと！　あんっ……ッ。

莉緒は眉間に縦ジワを刻み、甘いため息を漏らした。

お尻を触る男の指が、スーツのパンツ越しにも莉緒の恥ずかしい部分をなぞってきた。莉緒の性感を昂《たかぶ》らせにかかっている。

恥ずかしいのに……いやなのに、なんで背中がぞくぞくする。ん……。

男たちの荒い息や鼓動、熱っぽい指の感触に触れていると、莉緒は腋窩《えきか》に汗をにじませ、甘い匂いを発してしまう。

これではまるで、痴漢されて喜んでいるみたいではないか……。

大声を出そうとした、そのときだった。

「ンッ!?　……ムウゥ！」

後ろから男の手がニュッと伸びてきて、莉緒の口を塞いだ。

「ムゥゥ……ウウ」

莉緒は目を動かして、後ろの様子をうかがった。

男がクックッと笑っている。

「おいおい。声を出すなよ。お楽しみはこれからだぜ」

男がくぐもった声でささやいた。

そして……莉緒はパンツのベルトを外されて、細身のパンツをズリ下ろされた。さらにストッキングと白いパンティもくるくるとまるめて剝かれてしまう。

そんなっ……！

ほんの一分程度の出来事だった。その間に莉緒の下半身は、満員電車の中ですっぽんぽんに剝かれてしまう。ナマ尻も恥ずかしい部分も、公衆の面前で剝き出しだ。

軽くパニックになっていた。

恥ずかしくてたまらない。なのに、身体が動かない。

どうして……！

身体が自分のものではないみたいだ。それなのに、肌だけは異常なほど過敏になっている。

男の指が莉緒の剝き出しになった恥部に触れてきた。

「んうぅ……んぐうぅ！」

だが相変わらず口を手のひらで塞がれたままで、悲鳴すらあげられない。

男の指が莉緒の柔らかな恥毛をかき分け、敏感な合わせ目をなぞりあげてくる。

「……ンッ……」

いやなのに、莉緒の身体は反応してしまう。

「ククッ……ぐっしょりじゃないかよ、こんな可愛い顔して」

背後から男がささやいてきた。

そんなわけない、と思うのに、クチュクチュという水音を聞かされては否定できない。

さらにである。

ワレ目を執拗《しつよう》にねぶっていた指が、ズブプッと膣奥に挿しこまれた。

「ンッ！」

莉緒はガクンと腰を震わせて目を見開き、胸奥で泣き叫んだ。

ゆ、指が……痴漢の指がアソコに入って……！

脚ががくがくと震える。見ず知らずの痴漢の指が、さらに深く、ゆっくりと身体の中に入りこんでくる。

最悪だった。

本来なら大暴れしてやるのに、身体が震えていうことを聞かない。口を塞がれたまま身体が弛緩《しかん》している。

「ヒヒヒ。アソコの締まりがいいなあ」

「尻も最高だぜ。スベスベしてムチムチして、たまらんなあ。こんなアイドルみてえな顔して、警察官かよ」

なっ！

驚いて両目を見開く。

こいつら、私のことを知っている！

逃げたいのに抵抗する気力が削がれていき、頭がぼうっとする。身体に力が入らなくなってくる。

「へへっ、感じてきたんだろ？」

さらに男たちの手が伸びてきて、ブラウスのボタンを外された。

白いブラカップも引き下ろされた。たわわなバストも露出されられてしまい、男たちの囲まれた電車の中で、莉緒は裸同然にさせられる。

男たちの手が乳房を揉みだいてくる。

「ンン……ンン……」

いやなのに、莉緒は熱い吐息をひっきりなしに漏らしてしまう。

「痛いか。でも、この痛みが快楽に変わっていくんだ」

何を言ってるんだと思ったら、ギュッと乳首をつまみあげられた。

「んぐ……」

痛い、と思ったのも一瞬だった。

男が言うように胸の先が熱く疼いて、その疼きが腰をとろけさせていく。

「ほうら、もっとだ」

乳房をギュッと男たちの手でつぶされた。

「んっ！　くうううぅ」

莉緒は歯を食いしばり、首にくっきりと筋が現れるほど激しく喘《あえ》いだ。

「へへへ、痛いのがいいんだろ？　おま×こが熱くなってきやがった」

男の指が、さらに激しく膣内をかき混ぜる。

ピチャ、クチュ……。

いやらしく指が出し入れされるたび淫音が聞こえ、発情した甘ったるい匂いが身体から立ちのぼる。

「ひくひくさせて喜んでやがる。今度はこっちだ」

指がクリトリスの包皮を剝いて、いちばん敏感な豆の部分をこすりあげてきた。

「んぐうううぅ！」

莉緒はしたたかに背中をのけぞらせて、全身をわなわなと震わせる。

もう身体がコントロールできない。猛烈な勢いで指を出し入れされると、蜜があふれて快感が波のように押し寄せてくる。

も、もう許して……。

めくるめく快楽に、脳が壊れてしまいそうだ。

男に口を塞がれていなかったら、だらしなくヨダレと鼻水を垂らしていただろう。

「ほうら、とどめだ」

男の指で、クリトリスがつぶされた。

「ンンッ！　ンンンッ」

痛みよりも真っ白い何かが、頭の中を埋めつくしていく。肉の襞《ひだ》がいっせいにざわめき、頭からつま先まで一気に電流が駆け抜けた。

快楽の波が押し寄せて、莉緒の意識はやがて闇の中に溶けていくのだった。

第六章　ハニートラップ爆弾

1

早朝三時。

「ふわあ、眠い」

助手席の伊川がノートパソコンで何かを打ちながら、呑気《のんき》な声を出した。

一分を争うのに、この男はまったく緊張感がない。玲子はレンジローバーを運転しながら横目で睨んだ。

「この仕事が終わったら、永久に眠らせてあげるわよ。それがいやだったら早く言って」

「うわっ、怖いなあ。夜通しずっと解析してたのに」

「ウソおっしゃい。寝てたでしょう」

「それは仮眠で……わかったよ、例のクスリ。専門用語は省くけど、要は痛覚がなくなって、代わりにドーパミンが異常放出されるみたい」

「なあに。ドーピングみたいなこと？」

「そんな平和な話じゃないよ。通常は痛いってことが気持ちいいに変わるわけだからね。痛覚ゼロ。手足がもげても生きてる限りは笑ってられる」

玲子は戦慄した。

「つまり、それがブレインリンクってヤツと合わさったら……」

「うん。痛み知らずの人間兵器のできあがり。しかも痛覚だけじゃなくて、自我もなくなっていくみたい」

伊川がさらりと言う。

「じゃあ、例のＳＭバーっていうのは……」

「人体実験を兼ねてたんじゃないかな。どこまで痛みに耐えられるかとか、どんなふうに反応するのかって。片貝って男の趣味だったかもしれないけどさ」

伊川がありそうなことを言った。

痛みが快楽なら、女はどんなひどいことをされても、悦《よろこ》んでマン汁を垂らすに違いない。

どこの国でもエリートはヘンタイが多いが、どんなヘンタイやドSの要望にも応えられる日本製セックス・スレイブのできあがりというわけだ。

まあ天国にイッたあとは、どっかーんと地獄に落ちるわけだけど。

「ねえ、どのタイミングで爆発するの？」

「うーん。それがわかんないんだよねえ。リモートかな。でも確実性が低くなるし」

なるほど。わからないのは起爆タイミングだけか。

それにしても恐ろしいものを開発したものだ。

このところハニートラップはなりを潜めていた。ハニトラにかかっても、言うことを聞かない人間が増えたそうなのだ。

だったらハニトラしながら爆弾で消してしまおう、なんて考えるのは尋常ではない。

これからは中国だけでなく、もちろんロシアやアメリカも追従するだろう。

新たな兵器ビジネスのスタートかもしれない。これはなんとしてでも阻止しなければだめだ。

「まずいわ。まさか莉緒もその餌食に……」

玲子はエナメルスーツを着て、莉緒の家に向かったのだが、もぬけの殻だった。連絡もつかないし、LINEも既読がなかった。冴島を盗聴した内容から察するに襲われたのは間違いないだろう。ヤツらもなりふりかまわないという姿勢らしい。

「くっそお。許さないからな、莉緒ちゃんを襲うなんて。東京湾岸医療センターの研究所にミサイル打とうか。三沢《みさわ》基地あたりに確か和製トマホーク巡航ミサイルの試作品があるはずだけど、ハッキングできないかな」

伊川が、かちゃかちゃとパソコンをいじり出した。

「ばかなこと言ってないで、もうすぐ研究所に着くから」

レンジローバーの時計を見る。

午前三時三十分。向こうがやる気なら、こっちもやるしかない。

ふいにスマホが鳴った。莉緒ではなく前川だった。スピーカーに切りかえる。

——松木が拉致されたのはホントなのか。

「冴島は莉緒を拉致ると言っていたわ。おそらく間違いないと思う」

——こちらも言われて調べてみた。松木が電車に乗るところは防犯カメラに写っていた。だが、降りた形跡がない。

「電車……そこで拉致られたのかしら」

玲子はざっくりと、東京湾岸医療センターで見つけた薬品の成分のことを前川に説明した。

――ハニトラ爆弾か……その話、CIAから聞いたことあるぞ。もしかしてアメリカが出張ってこないのは、第三勢力にハニトラ爆弾やらせたいのかもな。

「何よ、それ。どういうこと？」

――清風会っていう組織の話が出ていただろう。

「ええ。実態はつかめなかったけど」

――あれは東京湾岸医療センター内のことだけじゃない。米国医師会につながっている日本の医師会内部の組織のことだ。

「えっ、どういうことよ」

――米国医師会は民主党の巨大スポンサーだ。民主党はこの秋の大統領選で敗退することが予想されている。その前に一発逆転の祭が欲しい。

玲子は赤信号でレンジローバーを停めて、ハッとした。

「台湾有事ね」

――そうだ。アメリカにも中国にもことを起こしたい連中がいる。世界が混沌としている中で中国と台湾も始まってしまえば大変なことになる。もし台湾の要人がハニトラ爆弾なんかにやられたら、大統領選も情勢が変わる。中国の中央政府が火消しに走ってももう遅い。だが話がデカすぎて、内調も公安もアメリカも手を出しづらい。

「そこで日本の警察が、不当な研究をしている病院を取り締まるのがいちばん手っ取り早いってわけね」

――そのとおりさ。

前川がため息をついた。玲子はチッと舌打ちする。

「ソンな役まわりねえ」

――だけど、やるしかないだろう。日本も巻きこまれるわけにはいかないんだ。なにより、失踪した女性たちだけじゃない。松木までハニトラ爆弾にさせるわけにはいかない。

前川がきっぱりと言った。

そのとおりだ。

あの明るく「センパイ」と懐いてきた莉緒の満面の笑みを思い出す。

「わかったわ。とにかくあと五分で研究所に着くわ。班長やあのゴリラにも召集をかけといて」

――白木さんに連絡、取れてないのか。

前川が言う。

「どういうこと？」

――こっちから連絡が取れないんだ。確か、天鬼が白木さんを送っていったはずなんだが。

「なんですって！」

通話を切り、慌てて里枝子に連絡を入れる。

一分ほど電話が鳴ってから、留守番電話サービスに切りかわった。

2

「う、ううん……」

里枝子はかすかに声を発し、長い睫毛《まつげ》を何度も瞬《まばた》かせた。

ゆっくりと目を開ける。大きなライトが照らしていて顔をしかめた。ドラマの手術シーンで見るようなライトだ。

私……どうして……。

慌てて手足を動かそうとするも、うまく動けなかった。

里枝子は両手を挙げ、両脚を左右にＭ字に開いた格好で、産婦人科の分娩台のような器具にくくりつけられていた。

手首をひとくくりにしているのは革ベルトで、両脚も足台に乗せられて同じように革ベルトで拘束されてしまっている。

白いニットとベージュのロングスカートという格好であるが、大きく脚を開いているためにスカートがまくれてしまっていて、白い太ももはおろか下着まで露出しているだろう。

ああ……な、何……なんなの……こ、これは……。

脚を閉じたくとも、両脚を拘束されていて閉じられない。

「ムッ……ムウウッ……！」

悲鳴をあげようにも、布を猿轡のようにかませられていて、くぐもった声を漏らすことしかできないでいる。

もがいても、Ｇカップの張りのある乳房が揺れるばかりである。

これはいったい……私、あのとき……。

天鬼のクルマで送ってもらっていたときに、二台のバイクが行く手を塞いできたのだ。

ヘルメットのふたりが、バットで襲ってきたので、天鬼がクルマの外に出て対峙していた。天鬼は鬼神のごとき強さで相手の腕を折ったのが見えたのに、その男はまるで折れた腕の痛みなどないように天鬼に襲いかかり、さらに猛スピードで走ってきたミニバンから出てきた男たちに里枝子は拉致されてしまった。

ミニバンの中で男たちに押さえつけられて右腕を取られた。ニットの腕をまくられて剝き出しの肘裏に注射を打たれ、静脈にすうっと液体が入ってくる感触があった。

数秒後には身体の力が入らなくなり、意識が遠のいたのだ。

田渕に会ったのは失敗だった。あれで里枝子が追っ手であると目星をつけられたに違いない。だからといって、あんな強引に襲ってくるなんて……。

ふいにドアが開く音がした。

覆面の男たち三人が入ってきて、里枝子は拘束された身体を強張らせる。

「気がついたようですね」

男のひとりが言った。声に聞き覚えがあった。目を細めて覆面の男を見ていると、男はくぐもった笑い声をあげる。

「ああ、声でわかったようですね、奥さま」

男があっさりと覆面を外した。

やはり脳診療外科医の診療部長、田渕だ。先日、医師会のパーティで会ったときのいやらしい視線と声を覚えていた。

「ウウッ……」

もがくが、革ベルトでかなりきつく締められているので、手を動かそうとすると手首にこすれて痛みが走る。

「逃げるのは無理ですよ。それにすでにミニバンの中でジアソビンを投与していますからね。お転婆な奥さまは、もう少しその分娩台でじっとしていてもらいます」

ジアソビン？

注射器の中身はおそらく、玲子が潜入して持ち出した薬品だろう。逃げられないとすれば筋弛緩薬だろうか。いや、それ以上に何か危険な薬物に違いない。背中に冷たいものが走る。

田渕が里枝子の猿轡を外した。

ようやく呼吸が自然にできるようになり、里枝子は汗ばんで赤くなった顔を歪《ゆが》ませながら、ハアハアと息を喘がせる。

田渕が笑う。

「すみませんね。いきなり舌でも噛まれたらと警戒していたもので」

「ハア……ハア……ど、どういうつもりなの……私を誘拐して……警察官を拉致するなんてただではすみませんよ」

精いっぱい睨みつける。しかし、田渕はどこ吹く風だ。にやけ顔のまま、里枝子の拘束した肢体を舐めるように見まわしている。

「警察官と言ってもねえ、警察庁生活安全局長のひとり娘で、芝浦警察署の副署長を旦那に持つセレブ奥さまだ。三十九歳とは思えぬ若々しい美貌にスタイルのよさ。今まで拉致した人妻たちもかなりの上物だったが、いやいや彼女たちがかすむくらいの美しさですよ。警察官などにしておくのはもったいない。どうですか、ハオさん」

田渕の隣にいた覆面男が唇を舐めた。

「最高です。中国人はこういう落ち着いた日本人女性が大好物だ。さぞかしいい餌になってくれるでしょう」

ハオと呼ばれた男は、分娩台にくくられた里枝子の、スカートの中をまじまじと見つめている。

くっ……。

いやらしい視線にたえきれず、里枝子は横を向く。下着をじっくりと眺められているというのに、逃げるどころか脚を閉じることすらかなわない。

なんという恥辱であろう。

貞操観念の高い里枝子にとっては、死にたいほどの恥ずかしさだった。

「今回は、私が直接、調教するということでよろしいですな」

ハオが近づいてきて、手を伸ばしてきた。

ニットの上から胸のふくらみをまさぐられる。

「い、いやっ！」

抵抗しようにも、両手はバンザイされられたまままきつく固定され、両脚も広げられたままベルトでくくられていてはどうしようもない。

「おおっ、柔らかい。いいおっぱいだ。高貴な奥さまは実にいやらしい身体をしてるんですねえ」

ハオが流暢な日本語で煽ってくる。

目出し帽のために、男の目だけが強調される。なんという下品な目つきなのか。

里枝子はまるで味見されているような屈辱に目の下を赤らめつつも、気丈にハオを睨みつけた。

「ふ、ふざけないで。これを外しなさい！　今すぐ」

「勝ち気な奥さまですねえ。こんな格好にされてもそんな台詞を吐けるなんて……たまりませんな」
ハオは服を脱ぎ捨てる。
上だけでなく下もすべて脱いでしまうと、醜悪なペニスが鎌首をもたげていた。
「……！」
ハッとして里枝子は目をそらす。
夫以外の男性器を結婚してから見たことはなかった。
なんて大きさなの……あっ……。
自然と身体が火照ってきていた。
どうして？
夫以外の男の性器など醜悪にしか思えない。
それなのに身体が熱くなって、じっとりと甘ったるい汗がにじんできていた。
しかも、である。
身体の奥がジクジクと疼き、パンティの奥に不自然な掻痒《そうよう》感を覚えはじめていた。
身体が痺れて動かない。
それなのに皮膚の感覚が鋭くなっているのを感じるのだ。
「くくっ、私のエレクトしたモノの大きさに感動していただけたようですなあ、奥さハオがニヤリと笑う。いよいよニットに手をかけてまま」

「ば、ばかなことをっ！」

真っ赤になって否定すると、ハオは素っ裸のまま、いよいよニットに手をかけてまくりあげてきた。

ブラジャーと白のスリップが露になる。

ハオはさらにブラカップをスリップごとズリ下げた。

「ああ！　や、やめてっ。やめなさい！」

乳房を剝き出しにされた。

後ろにいた覆面の男が「ひょお」と囃《はや》し立ててくる。

「ウへへへ。奥さん、最高のおっぱいではないですか。警察官にしておくのはもったない美乳ですなあ。垂れてもいないし、乳輪が大きいのは私の好みです」

ハオは笑いながら、分娩台にくくられた里枝子の乳房を直に揉みしだいてくる。

「ううっ……さ、触らないでっ！」

必死に逃げようとするも、両手両脚は動かすことができない。

ハオは里枝子の静脈の透けるほどの白いふくらみに指を這わせ、その量感を確かめるように、たぷっ、たぷっと左右に寄せたり、揺らしたりする。

「ククッ。ホントにいい乳ですなあ。調教を忘れて、楽しんでしまいそうになりますよ、奥さま」

ハオが乳肉に指を食いこませながら、顔をのぞきこんでくる。

「くっ、ううう！」

里枝子は顔をそむけるが、たわわな乳房のふくらみの頂《いただき》にある、熟女らしい薄茶色の乳首をキュッとつままれると、

「ああっ……」

と、感じ入った声をあげて、腰を大きく跳ねさせてしまった。

ど、どうして……？

気味の悪い男に、夫のものである身体をまさぐられるなど、吐き気がするほどおぞましい。それなのに、身体はなぜかひどく反応してしまうのだ。

「ほお……奥さま、たったそれだけで感じてしまうなんて。旦那さんとはずいぶんご無沙汰なのでしょうかね。ほっほっ」

横で見ていた田渕が、皮肉めいた言葉を吐く。

「な、何を言ってるのっ……うっ……い、いやっ」

ハオが乳輪をなぞるように指先を使ってきて、思わず眉間にシワが寄ってしまう。

だめっ……反応してはだめよ。

愛する夫の顔を浮かべて、懸命にこらえようとした。

相手は卑劣な犯罪者集団。警察官である自分が身体を穢《けが》されても心まで奪われるわけにはいかない。

「いやと言ってるわりには、もうこんなに乳首を硬くシコらせて」

ハオは里枝子の反応を楽しむようにこちらの顔を見つめながら、敏感な乳頭を人さし指と親指でつまんでひねりあげてきた。

「あンっ！」

里枝子は甘い声をあげ、拘束された身体を弓なりにそらした。

全身が痺れるような快楽に包まれて、どうにもガマンできなかったのだ。

「おやおや。セレブな奥さまは、こんなセクシーな声をお持ちなのですねえ。熟れきった身体には刺激が強すぎましたか。とても色っぽいですよ」

「お、おだまりなさいっ。け、けだものっ……恥を知りなさい！」

恥ずかしい声を出してしまったことをかき消そうと、里枝子は真っ赤になって強い言葉で非難する。

しかし、いやがればいやがるほど、男たちは楽しそうに高笑いする。

「いつまでそんな凜《りん》とした顔を保っていられるますかね。楽しみですねえ」

ハオが乳頭部に顔を近づけて、むしゃぶりついてきた。

「何をするのっ……アア……や、やめなさいっ……アアア！」

不快な舌が、ころころと乳首を舐め転がしてくる。

それだけではない。

ヨダレまみれになった薄紅色の乳首を甘噛みされると、ツーンとするような刺激が拘束された四肢に広がっていく。

両手を頭上にあげ、さらには大きく股を開かされて足首を革ベルトで固定されている。そんな格好で乳房をいたぶられているというのに、抗《あらが》いつつも身体が熱く火照ってくるのを抑えられない。

「ククッ。それでは、いよいよ恥ずかしいところを見せてもらおうかな」

ハオの手が、里枝子のスカートを腰までまくりあげてきた。

3

「い、いやあっ！」

里枝子は悲鳴をあげて逃げようとするも、もう完全に力が入らなくなってしまっていた。おそらくあのドラッグのせいなのだろう。

「奥さま、ジアソビンのせいで感じてると思っているようですね。残念ながらそれは違いますよ。このクスリはあくまで痛覚と意識を徐々に奪っていくもので、今はまだ媚薬《びやく》の効果はありません。奥さまが感じているならば、それは奥さまが単に男を欲しがっていたということです」

「そ、そんなことありません！」

感じてしまっている言い訳をつぶされて、里枝子は真っ赤になった。

そんなわけないわ。

あくまで感じているのは、クスリのせいよ。

「信じられないなら、それでもけっこうです。私たちはわかってますから。奥さまの本来の淫らな部分を楽しむだけです」

ハオが笑う。

そうして両脚を大きく開かされたまま、パンティストッキングとベージュのパンティをびりびりと破かれ、大事な部分を剝き出しにされた。

ニヤニヤしていたハオが目を輝かせる。

「おおっ。素晴らしいですな、奥さまの持ち物は。形といい色艶といい、申し分ございません。それに……ククッ、こんなに濡らして」

「み、見ないでっ、いや……あっ！」

ハオが膣内に指をグッと押しこんできた。

「あ！　ああっ、いやあッ」

無理やりに指を入れられたというのに、里枝子の膣はまるでそれを待ちかねたようにスムーズに咥えこんでしまう。

ハオの言うとおり、ぐっしょり濡れてしまっているからスムーズに指が挿入されたのだ。

恥ずかしくて、おぞましい。

それなのに腰が甘く疼き、膣奥から恥ずかしい蜜があとからあとから染み出してしまうのがはっきりわかる。

「フフっ。いやだいやだと言いながらも……」

ハオの指が奥まで入ってくる。

「あっ、あっ……あああっ……」

男の指で身体の奥をくすぐられる。

久しぶりの快楽だった。

ハオはさらに激しいピッチで、何度も指を出し入れさせる。

腰がとろけてしまいそうだった。

「ああっ！　ああんっ……ああっ……はああ……」

指が肉襞をこするたび、甘い刺激が立ちのぼってきてしまう。発情した匂いと汗のツンとした匂いも漂ってきた。

こんなに無理やりで、激しい愛撫は嫌悪感しかない。

本来ならば膣が痛みを感じているはず。

それなのに、この乱暴さが腰砕けになるほど気持ちいいのだ。

ああ、これは……やはり私が欲求不満だったの？

犯罪者に身体をまさぐられて、こんなふうに本気で感じてしまっては、夫に顔むけできない。

そう思うのに、どうしても腰がせりあがってきてしまう。

「ククッ。欲しくて仕方ないという顔ですね。よろしい。こちらももうガマンできなくなってきました」

ハオが里枝子の開いた両脚の間に立ち、硬い切っ先をつかんだ。

そうしてゆっくりと濡れた女芯にペニスを近づけてきた。

「だ、だめよ！」

犯される！

それだけはだめだと必死に抗うものの無駄なことだ。

もう逃げられない。

夫以外の温かな切っ先が、ズブズブと秘肉をえぐり抜いてくる。

ああん……オチン×ンが、は、入ってくる。

「あ、あんっ」

甘い衝撃に思わず背中がのけぞってしまう。

い、息が……息ができない……ッ。

どう見ても、ハオという男は若くはないだろう。

それなのに、身体つきは筋肉質で、さらにペニスの太さや硬さは里枝子が今までに体感したことのないものだった。

しかもだ。

ハオの挿入はひどく乱暴なものだった。

それなのに、痛みを感じるどころか全身が痺れて、意識を失いかけるほど気持ちよくなってしまっている。

ああ……ど、どうして……。

「くくっ。よく締まりますなあ、奥さま。どうやら奥さまは、乱暴にされればされるほど気持ちがいいらしいですな」

ハオがいきなり、激しく腰を振り出した。

「あっ……いや、いやあぁ……や、やめて……っ。ああんっ」

夫以外の男、しかも犯罪者にレイプされた。

穢されたという絶望と、自分が汚れた身体になってしまったという嫌悪感で吐き気がしそうだ。

ああ、もう……もうだめだわ……。

拘束されている分娩台が、ギシギシと激しく音を立てるほど乱暴に性器を突き立てられている。

それなのに感覚だけは研ぎすまされて、忌み嫌う男の性器と里枝子の膣肉が馴染み出し、快感が子宮から脳へと広がっていく。

「ほうら、もっと奥まで突いてあげますよ」

「ああっ！」

夫では届かぬところまで深々と突き入れられてしまっている。美貌が歪み、発情した汗で艶々した黒髪が頬にへばりついていた。

「や、やめて……」

それだけ言い返すのが精いっぱいだ。

「ククッ、やめてもいいのですかな、奥さま」

ハオは腰をまわし入れながら、乳首を甘噛みしてきた。

「あ、あんッ！」

里枝子は両手をバンザイした格好のまま、もっといじめてとばかりにバストをせりあげるほど、背中をのけぞらせてしまう。三十九歳になって、セックスでこれほど乱れてしまうのは初めてだった。

もはや柔和な笑みを携える和風美人の姿はどこにもいない。

セレブな人妻が醸し出す上品さもなくなっていた。

こ、このままでは……いけないわっ。

なんとか逃げようと身体をよじるが、ハオはさらに腰をまわし入れてくる。

「あああっ……！」

美貌が自然に持ちあがる。

初めて経験する嵌入《かんにゅう》感だった。奥まで広げられて押しこまれる感覚が、女の至福を呼び覚ましてくる。

「い、いやあっ……いやあんっ……」

抗いの声に、早くも悩ましい色香が混じってしまう。

「ああ、たまりませんよ、奥さま。最高のセックス・スレイブだ」

笑いながらハオが、腰を揺すって突きあげてくる。

「あっ……あっ……だめっ……ああんっ……」

もはやレイプではなく、深く愛し合う男女の営みだ。

ようやく両手足の縛《いまし》めを解かれたのに、里枝子は抵抗ではなく、ハオの背中に手をまわしてきつく抱きしめてしまう。

う、うう……だ、だめっ……あなた……助けてっ……。

残酷なレイプに、心が折れそうになっている。

それなのに身体も声も悦んでしまっている。

避妊具をつけていないから……直接こすられる……こんなに激しくされるのが気持ちいいなんて。

「あぁっ、も、もっと……もっと激しくしてっ！」

ついに里枝子はあらぬ声で、おねだりをしてしまった。

「ククッ。最高ですよ、奥さまっ。ご褒美だ」

ハオが激しくピストンしながら、指先でクリトリスをキュッとつぶしてきた。

「はあぁあぁ！」

意識が飛んで、腰がとろけてしまう。

な、なんなの……こ、この気持ちよさは……ッ。

里枝子はハオにしがみつきながら、ハアハアと荒い息をこぼしつづける。もう心までとろけそうで、瞼《まぶた》を開けるのもつらくなってきている。

「ああ、いい、いいわっ！」

クリトリスをなぶられながら、キスをしようと迫ってきた唇を受け流すことすらできなくて、こちらからも舌を、ねちゃねちゃとからませてしまう。

「た、たまらない……ああんっ……あぅぅ」

キスをほどいた唇からは、悦びの声しかあげられなくなっていた。

「ああん……ああんっ……もう、もう……だめええ……イク、イキますっ」

「ククッ、ようし、イキなさい。これから奥さまはスレイブとして、私たちの言うことを聞くんですよっ」

ハオが暗示のように言いながら、奥まで貫いた。

膣奥に熱いものが注がれてくる。

「ああんっ、あなた……ごめんなさい。イクッ……イクうっ……」

夫以外の熱い子種が膣内に染み入っていくのを感じながら、里枝子はあまりの悦楽に意識を失ってしまうのだった。

4

「ちょっ、ちょっと……スピード違反……」

伊川が助手席で目を見開いて身体を強張らせている。

「何、悠長なことを言ってるのよ。急がないと莉緒も班長も、ハニトラ爆弾にされちゃうのよ。飛ばすわよ」

レンジローバーはスピードをあげて荒川を渡った。

江東区も江戸川《えどがわ》区も突っ走って千葉に入る。東京湾岸医療センターがあっという間に過ぎていく。

里枝子と天鬼が襲われていた防犯カメラ画像に気づいたのは伊川だった。

ふたりを襲ったミニバンが走ってきた方向が、病院と正反対ではないか、と言い出したのだ。

玲子も前川もあの研究室だと思っていたから虚を突かれた思いだ。

伊川に言われてNシステムや防犯カメラを念入りに調べてもらうと、黒いミニバンは千葉に向かったのがわかった。

盲点だった。

本当の研究所は千葉にあったのだ。

江東区の研究所はおそらくダミーなのだろう。そういえば南棟で男たちが、

——もったいないな。ここで実験してたほうがラクなのに。あっちは遠すぎる。

とこぼしていた。あっちというのは千葉のことだ。

「それで。ここからどこに行けばいいの！」

ステアリングを握りながら、玲子は怒鳴る。

深夜の高速道路は、トラックばかりだ。追い越し車線にいるトラックを左側からぶっちぎる。

「人使いが荒いなあ。じゃあ、おっぱい触るの一回で」

伊川がイヒヒといやらしく笑う。

黒のエナメルスーツは身体のラインが出てしまう。たわわなFカップバストのまるみが視姦されていて、おぞましい。

だが今は、このヘンタイ熊の力が必要だ。

「好きなだけ触らせてあげるわよ」

「やったあ。あのね。おそらく太平洋沿い。そのまま船が出せるところ。小型船に女性たちを乗せられるところだろうね。ええと確か……九十九里《くじゅうくり》のビーチラインに廃墟《はいきょ》みたいになってる大きなホテルがあったと思うけど」

伊川は持っていたノートパソコンで、キーをたたいている。

「前川さん、聞いた？」

スマホに向かって言う。

――聞こえた。確かにあるぞ。九十九里グランドホテル。十年前からずっと建物はそのままだ。所有者がわからないから県も壊せないんだが、かなりの僻地《へきち》にあるからって、誰も買い取ったりしないようだ。

「それだわ」

玲子がアクセルを踏みこむ。

「しかし、あんたも可愛いものね、おっぱいだなんて。一発ヤリたいとか思わないわけ？」

伊川がコーラを飲んでいて噎《む》せた。

「げほっ、げほっ。だって、したことないもん」

「へえ。あんた、童貞なの？」

「悪い？」

「悪いわよ。三十五でしょ」

「だって、自分でスルのがいちばん気持ちいいって言うし」

「あのねえ、女を知らないから、そういうことを言っちゃうわけよ。今度、筆下ろししてあげましょうか、お礼に」

伊川の目が輝いた。

「さすが牝刑事。ぐへへへ、いいね」

「あんたに牝って言われたくないわよ。もうさ、せっかく男に生まれてきたなら女をイカせるくらい勉強しないと」

「イカせる……男が……女の人もイクの？」

伊川がきょとんとしている。玲子はため息をついた。

「あのねえ、女がイクのって男よりいいらしいわよ」

「そんなにいいの？」

「いいに決まってるじゃないの。脳みそが溶けるわよ、ドーパミンが脳からあふれ出るくらい……」

「それだ！」

伊川が急に叫んで、いきなりパソコンを猛烈な勢いで打ち出した。

「なんなの？　いきなり」

「ずっと考えてたんだよ。ハニトラ爆弾の起爆タイミング。外部からのリモートかなって思ったけど、起爆電波は傍受される危険もある。だから古典的な時限爆弾かなあとも思ったんだけど、それよりも女の人がイッたときの脳波に対応して爆発するようにしたら、確実性は跳ねあがるよねえ」

「イッた瞬間に、どかーんね。なるほど。それは逃げられないわ」

どうやらハニトラ爆弾の全容はわかったようだ。

あとは捕まえるだけだ。

東金《とうがね》九十九里有料道路を降りて、九十九里ビーチラインを進む。右手に真っ黒な海が広がり、潮の香りが鼻先をくすぐってきた。ビーチラインを北上して産業道路に入る。このあたりは民家も少ない。

「ああ、あれだ。九十九里グランドホテル」

伊川がフロントガラスを指さした。

かなり大きなホテルだ。確かに建物はそのままの形を残している。

T字路に着いて左折したときだった。オフロードバイクが二台、背後から現れた。黒いヘルメットを被っていて顔が見えない。

バックミラーを見る。バイクの男たちが銃を構えた。

「伊川さん、伏せて！」

けたたましい銃声がして、レンジローバーのリアガラスが割れた。

「ひゃああ！」

フロントガラスにも銃弾が当たる。玲子は背を低くして手だけで運転する。バイクの音が近づいてきた。サイドミラーで真横にいるのが見えた。

とっさにドアを開ける。

バイクがその広げたドアの内側にぶつかり、外れたドアごとクラッシュした。

「さ、さむ……」

伊川が声を出した。

「ちょっとだまって！」

玲子はハッシュパピーを取り出した。ドアのなくなった横から手だけ出して、後ろに向かって発砲した。オフロードバイクのフロントタイヤに当たり、タイヤがバーストして、バイクは脇の草むらに突っこんだ。

「やったわ」

玲子が叫んだとき、いきなり前方でハイビームのライトが玲子の視界に飛びこんできた。

ウソでしょ……そこまでする？

大型のトラックが突っこんでくる。

とっさにブレーキを踏み、急ハンドルを切った。レンジローバーは道路わきの草むらに突っこみ、岩に当たって反転した。

第七章　全裸の銃撃戦

1

「あっ、ああんっ……いい、いいわっ！」

莉緒は床に敷かれたマットの上で、素っ裸で後ろ手に手錠をかっちりと嵌められたまま、冴島からバックから犯されていた。

「素晴らしいな。細いのに乳房やヒップは大きくて……このスタイルのよさで警察官とは……いやはや日本も捨てたもんじゃない」

冴島が感嘆しながら莉緒の腰を持ち、ぐいぐいと突き入れる。

「ああぁっ……はああっ、も、もっと……」

莉緒はこめかみをマットにつけ、ヒップを大きく掲げた屈辱的な格好を強いられたまま、甘い声をひっきりなしに漏らしていた。

いやなのに……だが、全身が昂ってしまっていて、乱暴に膣内をかき混ぜる男の勃起を受け入れてしまう。

「おおう！　締まるなあ。アイドルみてえな可愛い警察官様のおま×こは最高だぜ。これはいい牝になるなあ、ウヘヘヘ」

「いいのか、冴島」

よこにいた小野寺が、興奮ぎみに言う。

「ああ、先生、たまんねえぜ。政府高官の連中には人妻好きが多いが、ロリコンも多い。この子は刺さるだろうな。しかし、もったいねえよ」

冴島はヨダレを垂らしながら、グイグイと奥まで突き入れる。

莉緒のくっきりと大きな目がとろんととろけ、愛らしい美貌が悩ましいシナをつくり、小柄なボディが揺さぶられる。

「く、くうう、い、いやあん、ああんッ！」

乱暴に無理やり犯されているはずなのに、恥部からは蜜があふれ、ぬちゃぬちゃといやらしい音が鳴り響いている。

痛いのに、苦しいのに、莉緒の頭の中は快楽でいっぱいだ。汗と発情した生々しいセックスの臭いが、あたりに濃厚に漂っていた。

「へへっ。そうだ、先生、もうひとり頼みますよ。三十二歳の女捜査官で、牝刑事って呼ばれてる凄腕のヤツだ。これがまたいい女でね、フェラされただけであっという間にイッちまった。あれとヤレたら最高なんだが」

「そんないい女なら、どうせまたハオさんが味見するんだろ」

「ありゃあ渡したくないな。今度見てくださいよ。すげえいい女だ」

冴島がぐいぐいと乱暴に性器を突き入れながら、小野寺と会話している。

センパイのことだわ。

「だ、だめっ……か、神崎センパイは……」

莉緒は不自由な体勢のまま、冴島を見つめた。

「あの事務員、ホントは神崎っていうのか。まったく騙《だま》されたぜ。盗聴器をしかけられるわ、ジアソビンを盗まれるわ、あの女のせいで、こんなメチャクチャなことをしなきゃならなくなった。たいしたタマだ」

「セ、センパイは、凄腕なのよ。て、てめえらなんか……」

莉緒は必死に睨みつける。

「おっ、まだそんなよけいなことまでしゃべれるのか。可愛い顔してその口調からすると元は不良だったのかなあ。悪い子だ。おじさんたちが、たあっぷりお仕置きしないとな。先生、イカせてもまだ大丈夫だよな」

「ああ、大丈夫だ」

「ようし。へへっ。お嬢ちゃん、たっぷりイカせてやるぜ」

冴島が腰に力を入れて、猛烈に子宮口を突きあげてくる。

「ああんッ！　ああっ！　あああっ！」

だめだった。

もう何も考えられなくなった。

レイプされているというのに、警察官であることも、そして玲子が狙われているピンチも、すべて頭の片隅に追いやって、快楽を貪る牝になってしまう。

「もうイクッ！　イッちゃうう！」

「へへ、イケッ。おらあ」

冴島が奥まで突いたときだ。莉緒の中で爆《は》ぜた。

「ああん、だめぇ！　イッちゃうううう！」

後ろ手に手錠を嵌められて、バックから乱暴に突かれて中出しされたというのに、哀しいことに膣内射精されたことがさらなる女の悦びを呼び覚まし、莉緒はおびただしい量の精液を浴びながら、ビクンビクンと腰を震わせてしまうのだった。

「よ、よし……次は俺だな」

小野寺が服を脱ぎはじめる。

「珍しいな、先生、そんなに興奮してるなんて」

肩で息をしながら冴島が言う。

小野寺がニヤリと笑う。

「ウヘヘ。こんなに可愛い子ならヤリたくもなるだろ。ああ。すげえ出したなあ」

小野寺は莉緒を腹ばいにさせると、ワレ目に指を入れて膣内の精液をかき出していく。死にたいほど恥ずかしいことをされているのに、指の感触のよさ、そしてまた硬いモノで乱暴に貫かれる悦びを想像すると、膣奥がキュンキュンと疼いてしまう。

「ようし、これくらいでいいな」

腹ばいにされたまま上から押しつぶすように、膣がえぐられた。

「ああん、いい！　もっと、もっと突いて！　ああんっ！」

先ほどイッたばかりだというのに、またもエクスタシーの予兆を感じる。莉緒はもはや快楽を必死に貪る牝犬に成り果ててしまっていた。

「ククッ。先生もずいぶんお楽しみですな」

恰幅のいい男が立っていた。

脳診療外科医の診療部長、田渕だ。

そしてぼんやりした視界のなか、素っ裸にされた里枝子が立っていた。

莉緒と同じように後ろ手に手錠を嵌められ、田渕に肩を抱かれているのが見えた。

2

「は、班長！」

莉緒が叫んだ。

里枝子がハッとしたような顔をして、こちらを見た。

「り、莉緒さん……あなたまで、そんなふうに……」

頬を赤らめて恥ずかしそうに首を横に振るものの、里枝子は逃げるようなそぶりをまるで見せない。

それどころか、背後から田渕に大きなバストを揉みしだかれると、

「あっ！　ああんっ……」

と、甘く悶《もだ》えて太ももをにじり合わせるのだ。

そんな……班長まで捕まって……私と同じように辱められていたなんて……。

しかもである。

莉緒はまだ逃げようとする気持ちがあるのに、里枝子にはそんな様子がまるで見受けられない。田渕に身体を預けて、すべてを委ねているように見える。

まさに服従しているようだ。

いったい、どんな調教を受けたのか……。

「ああ……り、莉緒さんだけは……助けてください、私はどうなってもいいから」

里枝子が田渕の肩に顔をこすりつけながら哀願する。

田渕が里枝子の髪をつかんだ。

「ほう。チップを埋めこんだはずなのに、まだそんなことを言えるのか」

莉緒は驚愕に目を見開いた。

「な、なんですって！　て、てめえらっ、班長の頭にチップを……！」

小野寺が莉緒をバックから犯しながら、ヒップに平手打ちしてきた。

「ああん！」

痛いはずなのに、甘い刺激が全身に広がって、ヨガリ声を漏らしてしまう。

小野寺が笑った。

「安心しな、お嬢ちゃん。イッても爆発はしないから。まだ調整段階だからな。それより自分の心配はしないのか？」

「え？」

ハッとした。

先ほどから頭がぼんやりしていた。

両手は背中にまわされ、手錠を嵌められているから確かめることはできない。

電車の中で怪しいドラッグを打たれたことはわかっていた。

だから、頭がぼんやりするのもそのせいだと思っていた。

「ま、まさか……まさか私の頭にも……」

こめかみをマットにつけたままの不自由な体勢で、背後から犯している小野寺を睨んだ。

「もう人体実験は何度もやったから、手術自体はそれほど難しくなくなったよ」

「そんな……！」

電車の中で痴漢されてイカされて、そのまま意識を失った。

気がつくと、このマットの上で素っ裸にされていて、男たちに何度もレイプされたのだ。

その間に脳にチップが埋めこまれていたなんて……。

絶望に心が折れそうだ。だが、小野寺に乱暴に奥を突きながら、パシン、バシンとヒップをたたきつづけられると、すぐに快楽を求めることしかできなくなってしまう。

ああ、もう私……だめだわ……ああ……センパイ……。

小野寺に中出しをされて、そうして絶頂を極めたときだった。

冴島が言った。

「さすが警察官だなあ。まだ気丈に相手のことを思いやっている。その絆《きずな》を壊してやるよ」

冴島が白衣の研究者たちを呼んできて、何やら指示を出していた。

すぐに白衣の男たちが莉緒と里枝子の手錠をいったん取り、今度は両手に鎖を巻きつけて天井の梁《はり》を支点にして吊《つる》された。

ふたりは素っ裸のまま、ひとつにまとめられた両手を頭上に掲げて、そのまま吊《つ》り下げられたのだ。

「は、班長……」

「り、莉緒さん……」

吊られたまま、ふたりで不安げな顔を向かい合わせる。

莉緒と里枝子の間は五十センチほどだ。

乳房も恥ずかしい部分もヒップも、すべて隠すこともできなくて、まるで見世物のようにされている。死にたくなるほどの恥辱だ。

「ど、どうするつもりよ」

莉緒はまわりを見た。男たちが不気味に笑っている。

「信頼し合っている上司と部下で、レズセックスをしてもらうだけさ」

冴島が言いながら黒光りする棒状のモノを取り出して見せてきた。

両端が卑猥な男性器の形になっている。

田渕が口角をあげた。

「ククッ。双頭ディルドってヤツだな」

「ええ。今から、面白いものをお見せしますよ」

冴島の合図で、白衣の男たちが莉緒の股間にその疑似ペニスを近づけてきた。

「な、何を……あああっ……！」

吊られたまま、膣奥まで男性器のおもちゃをねじこまれた。

かなり太く、本物のような形や感触だ。

さらに反対側の男性器は、目の前に吊されている里枝子の膣奥に挿入された。

「い、いやっ……あぁんっ……」

里枝子が身悶える。すると、里枝子に突き刺さっているディルドからの刺激が莉緒の膣に中に埋められた性器に伝わってきた。

「あっ！　やだっ……あぁんっ……」

莉緒と里枝子は一本のバイブで、アソコとアソコをつながれてしまったのだ。

なんという恥ずかしいことをさせるのだ。

莉緒は首を横に振りたくる。

「こりゃあ絶景だ。ほうら奥さま、お嬢ちゃんを気持ちよくさせてあげなさい」

田渕が里枝子の尻をたたいた。

「あ、あんッ！」

里枝子の腰が、ビクンッと大きく動いた。

その刺激がおもちゃを通じて、莉緒の膣奥にダイレクトに伝わってくる。

「ああッ……はああ……や、やめて……」

莉緒はなんとか挿入されたディルドを外そうとする。

だが両手をバンザイさせられ、爪先がぎりぎり床につくように身体を吊されていてはどうにもできない。

「こっちもだよ」

背後から冴島が莉緒のヒップをたたいた。

「きゃううん！」

莉緒はあまりの衝撃に、身体を伸びあがらせて腰を競り出した。

「ああん！　莉緒さん、だめえっ……」

莉緒の腰の動きに反応した里枝子が、伸びあがった。

ああ……は、班長……そんなにいやらしい顔で……。

もはやあの上品で落ち着いた大人の女性の様相は、吊り下げられた里枝子からは感じられない。

タレ目がちの優しげな双眸はとろんとして、匂い立つような人妻のいやらしいフェロモンをムンムンと発している。初めて見る豊満ボディは汗で濡れ、輝いていてドキドキするほどいやらしい。

ああ、どれだけ調教されたらこんなエッチな姿にされてしまうの……？

里枝子は堕《お》ちかかっている。

莉緒は必死に励ました。

「は、班長……お願い……ガマンして。こいつら、私たちにレズプレイさせてプライドまでつぶそうとしてるんです……」

ハアハアと息を弾ませつつ、莉緒が叫ぶ。

しかし、里枝子は首を横に振った。

「ご、ごめんなさい、莉緒さん……それでも私……ああ、オチン×ンが欲しいの……もっと奥まで乱暴にかき混ぜてほしいの……ねえ、いっしょに堕ちましょうよ。最高に気持ちいいのよ。こんな気持ちいいの初めてなの……」

里枝子はいよいよ自分から腰を使ってきた。

その刺激が莉緒の膣奥に伝わってくる。

「あんっ……ああ……は、班長……だめっ……そんな……ああんっ」

蛇の頭のようなおもちゃの先が、子宮口をえぐってくる。

とたんに莉緒のほうも背をのけぞらせて、腰をグラインドさせてしまう。

「ああん、だめぇ」

男たちがふたりの様子を見て笑っている。

恥ずかしい。それなのに腰がとろけそうなほど気持ちよくなってきた。

「ククッ。ほうら、奥さま、キスしたり腰をもっと揺すったりして、可愛い部下をイカせてあげないか」

田渕がまた、里枝子のヒップを平手打ちする。

「くぅ、はうううんっ！」

里枝子が甘い声をあげて、そのままキスしてきた。

「んっ……んうぅんっ……んっ……」

舌を入れられるともうだめだった。

同性もうらやむほどの美しい熟女からのディープキス。莉緒も、ねちゃねちゃと音を立てて舌をからませてしまう。

「んふん……んううん……莉緒さん」

「ううんっ……ううん……班長……里枝子さん……ああん……」

深いキスをしながら腰をまわしていると、膣奥のディルドが気持ちいい場所に当たって、快楽が全身に広がっていく。

「すげえな。美人警察官どうしのレズプレイは」

「ちっ、これが外国のお偉いさんの貢ぎ物になるのか、もったいねえなあ」

男たちの煽る声も聞こえなくなり、いつしか吊された手錠を外されると、里枝子とマットの上でからみ合い、キスしながらさらにディルドを奥に咥えさせていく。

「ああ、り、里枝子さん……私……もう……もう……イク、だめっ……」

「ああん、莉緒さん……私も……イク……イキますわ……あああ！」

もはやふたりは快楽を貪る牝に成り果て、莉緒と里枝子は同時に絶頂に押しあげられてしまうのだった。

3

「ほおお！　これはすごい」

ドアを開けて入ってきたハオは、裸に剥かれて後ろ手に手錠を嵌められた玲子を見るなり目を輝かせた。

「いやいや、白衣の上からでもスタイルはいいだろうと思っていましたが、ここまで素晴らしい身体とは」

ハオは玲子のまわりをぐるりとまわってから、うんうんと頷いた。

「大きいのに少しも垂れてないバスト。細くくびれた美しい腰のカーブ。むっちりしていながら、小気味よくキュッとあがった大きなヒップ。肌の白さやキメの細やかさも極上だ。中国で最高級モデルを何人も抱いたが、それ以上の美しさですよ。非の打ちどころがない」

ハオが流暢な日本語でしゃべりまくる。

興奮しているようだ。

パンプスの足下には、先ほど脱がされた潜入用の黒いエナメルボディスーツ、そして引きちぎられたブラジャーとパンティが落ちている。

「莉緒と里枝子さんはどこなの。返答次第では、みんな殺すわよ」

玲子が切れ長の目で睨みつける。

「この状況で、まだそんな強気でいられるんですか。さすが牝刑事。たいしたタマですな。あなたのせいで計画が崩れて、この研究所もバレてしまった。まあでも、あなたを手に入れられるなら、こっちのほうがよかったかもしれませんね」

ハオが笑う。

玲子は部屋をぐるりと見渡した。

何もないガランとした部屋だ。

おそらく例のグランドホテル跡地内にいるのだろう。感覚としては地下にいるようだが……。

「用意ができました。ほおっ……これはこれは……」

田渕が入ってきて、玲子の身体を舐めるように見つめる。

「ようし。では、あの女警察官たちに会わせてやろう。こっちに来い」

ハオが歩き出した。玲子は田渕に肩を抱かれたまま、ハオの後ろをついて歩いていく。

今なら、ハオも田渕も殺《や》れるだろう。

両手が使えないくらいで、ふたりの中年男くらいなら簡単に相手できる。

だが、莉緒と里枝子の無事を確認してからでなければだめだ。

黒い廊下を歩き、突き当たりのドアを開ける。

中は真白い部屋で薬品の臭いが鼻についた。だだっ広いなか、中央にマットが敷かれて、玲子と同じように裸に剝かれた莉緒と里枝子が転がされていた。

「莉緒！　里枝子さ……」

ハッとした。

ふたりがぐったりしていたのは、おそらく男たちにレイプされたのだろうと思われた。それだけでも悲痛なのだが、玲子が目を見開いたのは、ふたりのこめかみの同じところに小さな傷があったからだ。

「ま、まさか……」

「ほう。もうわかったのですか。さすがですね。このふたりはもう手術を施してあります。先ほどまで調教していたから感度もばっちりでね。ククッ。挿入しただけでイッてしまって爆発するくらいですよ」

ハオの言葉にカッとなった。一瞬、我を忘れた。

「死ね！」

玲子はハオに向かってハイキックをした。だが後ろ手に手錠を嵌められていたので、バランスが取れなかった。爪先がハオの耳にかすり、血が噴き出した。

「ひっ！　ひゃああ、血が、血が……」

ハオが耳を押さえて、のたうちまわる。

白衣の男たちがタオルらしきものを持って、慌ててハオに駆け寄った。

「お、おい、こいつらがどうなってもいいのか」

冴島が莉緒の顔にナイフを当てていた。

「やめなさい」

玲子は身体の力を抜いた。

白衣の男たちが玲子を押さえつける。

「その子たちに傷をつけないで」

今までだったら、警察官が人質になっていても、何も思わなかった。冷酷に男たちを痛めつけていただろうが、今はそんな気持ちになれない。

センパイと慕う部下がいて、正義感にあふれる上司がいる。一匹狼のつもりだった牝刑事に、急ごしらえだが、仲間ができたのだ。

「まったく、とんでもない牝だな。恐ろしい女だ」

ハオがハアハアと息を弾ませて近づいてきた。

切れた耳には止血用の白いテープが巻かれている。

「脚を開け！　神崎玲子」

ハオが乱暴に命令してきた。

今までの紳士的な仮面を脱ぎ捨てて、血走った目で睨みつけている。

「聞こえないのか。直々にチェックしてやると言ってるんだ。おっぱいもおま×こも尻の穴も、じっくりとな」

「くっ……」

ふたりが人質になっている以上、どうにもできない。

玲子はゆっくりと肩幅まで足を広げた。

「蹴るなよ。蹴ったら、あのふたりの頭を吹っ飛ばしてやるからな」

さすがに気丈な玲子も戦慄した。ふたりの頭には爆弾があるのだ。迂闊《うかつ》なことはできない。

ハオが足下にしゃがんで、股間に片手を挿し入れてきた。

指先でじっくりとワレ目をなぞられる。

「くぅぅ……」

玲子は唇を噛みしめて顔を横にそむける。

「締まりがよさそうな、おま×こだ。さて、尻はどうかな」

ハオが背後にまわり、尻肉をつかんで左右に広げた。

「な、何をしてるのよっ」

排泄《はいせつ》の穴を見られるのは、ワレ目を見られるよりも恥ずかしい。

玲子は思わず叫んでしまう。

「ククッ。さすがの牝刑事も尻の穴は恥ずかしいようだな。ここを使いたいというヤツも多いんだよ。いい尻だ」

べちょと温かいものが、排泄の穴をくすぐった。

「ああ！　そ、そんなところを舐めないで」

舌でねろねろと排泄の穴のシワを舐められたかと思えば、ジュルルルと音を立てて吸引された。

さらにだ。ハオの舌がニュルリと内部に侵入してくる。

「そんなッ！　い、いやあ！」

さすがの気丈な玲子も悲鳴をあげずにはいられない。

直腸内の粘膜の層がヌルヌルとした舌でかきまわされる。そのおぞましさといったら口では表現できぬ不気味さだ。

ねろっ、ねろっ……ぴちゃ、ぴちゃっ……。

舌で尻の中を丹念に舐められる。

身体の震えが止まらない。

「くくっ、匂う。匂うぞ。牝刑事の肛門はこんなに匂うのか」

ハオが尻穴責めをやめて、前にまわって玲子の顔をのぞきこんでいる。

「くっ！　す、好きにすればいいわ」

玲子は真っ赤な顔で睨みつける。ハオが笑った。

「おまえの手術はあとで行うとして、この耳の代償は支払ってもらうよ。おい、ほかの男たちを連れてこい」

ハオが命じると、縛られた天鬼と伊川が連れてこられて、転がされた。

天鬼と伊川が玲子のヌードを見て声をあげる。

「おお！」

「ひゃあ、す、すごい」

「そんな場合じゃないでしょ。天鬼さんっ、あんたがついていながら……」

玲子はふたりを睨みつける。

「すまねえ。油断したんだよ。おお、こっちも」

天鬼が莉緒と里枝子を見て鼻の舌を伸ばした。

まったく……なんてヤツら。ハオの前にこいつらを殺したいわ。

ハオが転がされたふたりを見て言った。

「そっちのゴリラがいいな。モノがデカそうだ。ククッ。私の耳を傷つけた罰だ。仲間どうしで仲睦《なかむつ》まじくセックスさせてやろう」

「なんですって！」

玲子が叫んだ。

天鬼が白衣の男たちにずるずると引きずられて、マットの上で仰向けに押さえつけられた。

「お、おいっ、何すんだよ！　おいっ！」

ハオがぐったりした里枝子の肩を揺さぶった。

「ククッ。あの男だ。たっぷりと楽しませてやれ」

ハオの言葉に、里枝子が素っ裸のまま、ふらりと立ちあがった。

まるで暗示をかけられているようだ。目がとろんとして、焦点が合っていない。

「やめて！　やめさせて！　お、お願い！」

玲子は叫んだ。里枝子が天鬼に挿入されてイッたら、爆発してしまう。玲子は必死に暴れるものの、今度は白衣の男たちに押さえつけられていてどうにもできない。

「お、おい……待てって、おいっ」

天鬼は焦っているものの、里枝子を見て鼻の下を伸ばしている。

「ばかっ！　里枝子さんがイッたら、あんたも死ぬのよ！　勃起すんなっ！」

「い、いや、そんなこと言ってもさ……いや、班長ってほら、すげえいい女だし」

天鬼が必死の形相で唇を嚙みしめている。勃起をガマンしているようだ。

「だめだあ、俺の息子は言うこと聞かねえ」

「ホントにばかっ。死ねっ。り、里枝子さんっ！　正気に戻って」

玲子が叫ぶが、里枝子には聞こえないようだ。

里枝子は天鬼の足下にしゃがんで、天鬼のスラックスのベルトを外しはじめる。

「よし、里枝子、一気に挿入しろ。おい、おまえらは挿入した瞬間に離れろよ。身体が吹っ飛ぶからな」

ハオの言葉に、天鬼を押さえつけている白衣の男たちが震えながら頷いた。

里枝子が天鬼のパンツを下ろして、一気に天鬼のイチモツめがけて腰を下ろした。

「やめてえええ！　里枝子さん、やめて！　天鬼さん、勃起しないで！」

玲子が叫ぶ。

だがそんな願いも虚しく、里枝子が乗った瞬間、天鬼が「おおうっ！」と気持ちよさそうな声を出した。

「チ×ポが入ったぞ。離れろっ。爆発するぞ」

田渕が叫ぶ。

「うわあ」

「ひいい」

白衣の男たちが天鬼と里枝子から離れた。

里枝子がのけぞり「あああ……」と切実な声を出す。

里枝子の感度は最高にあがっていると言った。挿入しただけで、イッてしまうくらいと……。

だめだ。

もうだめだ。玲子が顔をそむけて目をつむる。

爆発が……あれ？

おかしい。何も起こらない、

玲子は目を開ける。

里枝子がとろんとした目で、天鬼の上で腰を振っているが、そのうちに眉をひそめて首をかしげはじめた。

えっ……どうなってるの？

みなが固唾《かたず》を呑《の》んで見守っているときだ。不満そうな顔をした里枝子が天鬼の腰から降りた。

天鬼のイチモツがなくなっている！

いや、違う……小さすぎて、天鬼のペニスが見えなかったのだ。

「それ……あんた、勃起してるの？」

玲子が尋ねる。天鬼はいかつい顔を真っ赤にして、

「してるよ！」

と、吐き捨てるように言う。

「なんたる粗チン……そんなゴリラみたいな顔して……」

ハオがあきれて言った。

天鬼が目を剥いた。

「うっ、うっせえな。ナニが小さいのはコンプレックスなんだよ。だから、この年まで女のひとりもできねえ……って、何を言わせるんだよ、ちくしょお」

天鬼が起きあがり、両手を縛られているから脚だけ使って、足首にからまっていたパンツとスラックスを脱ぎ捨てた。

下半身まる出しのまま、白衣の男たちを蹴り飛ばしはじめた。

「早く捕まえろ」

冴島が叫んだ。

その瞬間に、玲子を押さえている男たちの力が緩んだ。

ラッキー。

玲子は押さえていたふたりの男たちの鳩尾《みぞおち》に、蹴りをたたきこむ。

「ぐぅっ」

「うげっ」

手錠をつけたまま、玲子は走って大きな分娩台のような機械の後ろに隠れた。

呼吸を整えて、両手の指を細めて手錠から抜く。これくらいの芸当は時間さえあればなんとかなる。

ようやく縛めが解け、玲子は素っ裸のまま手術台から天鬼に声をかけた。

「天鬼さん！　里枝子さんをお願い」

「おう」

天鬼が里枝子を抱いて、手術台の後ろまで来た。

玲子も莉緒のところに駆け寄った。白衣の男を蹴り飛ばしたら、男の白衣の内側から拳銃が落ちた。

げっ。こいつら、こんなのまで持ってるの？

玲子は拳銃を拾いあげてから、莉緒を引きずって手術台の後ろに隠れる。

伊川が転がったままだが、まあ、あの人なら、なんとかなるだろう。

「あいつら、銃を持ってるわ」

玲子は天鬼に言う。

「マジか。こっちは何もないぞ」

「わかってる。とりあえず、一丁だけ手に入ったわ」

玲子は手術台から顔を出して、拳銃を構えている男たちを撃った。

「ぎゃっ!」

「ぐわっ」

所詮、素人だ。簡単に銃を放した。ハオ、田渕、冴島の三人がドアから出ていった。

「あんたなら、あの銃を拾ってなんとかできるでしょ?」

玲子が言う。天鬼は、

「おまえはどうするんだ?」

「ハオたちを仕留めてくるから、それまでこいつらなんとかして」

「なんとかって、おい!」

玲子は裸のまま、銃を持って駆け出した。

暗い廊下だ。壁を背にして耳を澄ますと走る音がした。あっちだ。音がする方向に駆け出していくと、螺旋《らせん》階段があった。上を見ると冴島と田渕が昇っていた。

下から撃つと、ふたりは悲鳴をあげて階段に倒れこんだ。

ふたりの声以外に音がしなかった。ハオは動くのをやめたようだ。玲子はパンプスも脱いで完全に素っ裸になって、螺旋階段に右足を乗せる。軋《きし》みはない。一歩一歩昇っていき、冴島と田島が階段で苦しんでいるのを横目にさらに昇る。

待ち伏せか。

外に出れば広い野原だ。隠れる場所がないと思ったのだろう。

好都合だった。じりじりと昇っていたときだ。ハオが顔を出して上から銃を撃ってきた。とっさに階段の陰に隠れる。銃弾の跳ね返る音がした。その方向から予測して、玲子は手だけ階段の外に出して中央から撃った。

「ぐわっ」

悲鳴がして、銃が降ってきた。

よし、もらった。

階段を駆けあがっていって、上の階についたときだ。ハオの身体がぶつかってきた。まさか反撃してくるとは思わなかった。玲子は銃を落としてしまい、そのまま階段から落ちそうになって、とっさに手すりをつかんだ。

ハオが玲子の首を絞めてきた。

な、何……。

蹴りあげようとしたが、ハオの力は思ったより強かった。

吊されたときに蹴りをかわされたのは、偶然ではなかったようだ。はげた中年男は、かなり鍛えられていて、しかもおそらく格闘経験がある。

「くっ」

ハオの太い指が首に食いこんできた。

血の気がなくなり、意識が薄くなっていく。

「まったく。おまえが邪魔をしなかったら、うまくいっていたものを。このままでは日本は先細るだけだ。中国も以前のような力はなくなった。いまだアメリカに傾倒しているこの国を救ってやろうとしただけだ」

ハオが喉仏に力を入れながら、うそぶいた。

「ぐ……だからといって、こんなやりかたが、いいわけないでしょ」

玲子はハオの手をつかみながら、声を振り絞る。

目眩がした。

やばい。手すりに預けた身体が落ちそうになった。だが、それが功を奏した。ハオのバランスが崩れた。

その隙に股間に爪先で蹴りを入れた。

ハオの身体が曲がり、手が緩んだ。

その右手をつかんで、一本背負いの要領でハオの身体を投げた。

ハオは階段を落ちていき、途中で止まる。すかさず走っていき、ハオの顔に跨《また》がり、太ももで締めつけた。三角絞めだ。

「……くおお、い、息が……」

ハオの鼻息がワレ目に当たる。ちょっと気持ちいい。ハオが股間の臭いを嗅ぎながら落ちた。

「やったか」

天鬼がフルチンで駆けつけてきた。

「ええ。あんたのその持ちモノのおかげよ」

玲子が笑うと、天鬼が舌打ちした。

「フン。男はデカけりゃいいってもんじゃねえよ」

「それよりも、莉緒と里枝子さんは？」

「ああ。小野寺って医者から回復手術はできるって聞いた。解毒もある。だけど、男たちに犯られた記憶は……」

「あの人たちはそんなタマじゃないでしょ。大丈夫よ」

スマホが鳴った。天鬼が画面に出た番号を見て「前川さんだ。おせえよ」と愚痴った。

「これ、誰の？」

「連中のさ。折り返しかけてくるように、さっき電話したんだ」

天鬼からスマホを受け取り、通話ボタンを押す。

「終わったわよ、全部」

「ああ、神崎か。よくやった。お疲れさん」

前川がさらりと言う。玲子は口をとがらせる。

「お疲れさんじゃないわよ。これで私のＳＩＴ返り咲きはオーケーよね」

「それがな、すでに上の連中が、内調や公安に自慢しちまったらしくてな、特務班は継続らしい」

「約束が違うじゃないの」

「牝刑事は、潜入捜査にもってこいだと太鼓判だ。階級はあがるぞ。それに、寄せ集めだけど、悪くないチームワークじゃないか」

前川に言われて、ちらりと天鬼を見た。

脳筋ゴリラにヘンタイ熊、正義感あふれるセレブな人妻、そして……こんな私をセンパイと慕う元ヤンか。

玲子はため息をついた。

とりあえず、服を着てからいろいろ考えよう。

◉新人作品**大募集**◉

マドンナメイト編集部では、意欲あふれる新人作品を常時募集しております。採用された作品は、本人通知のうえ当文庫より出版されることになります。

【応募要項】未発表作品に限る。四〇〇字詰原稿用紙換算で三〇〇枚以上四〇〇枚以内。必ず梗概をお書き添えのうえ、名前・住所・電話番号を明記してお送り下さい。なお、採否にかかわらず原稿は返却いたしません。また、電話でのお問い合せはご遠慮下さい。

【送付先】〒一〇一-八四〇五 東京都千代田区神田三崎町二-一八-一一 マドンナ社編集部 新人作品募集係

牝刑事《めすでか》恥辱の絶頂《ちじょくのぜっちょう》ハニートラップ《はにーとらっぷ》

二〇二四年五月十日 初版発行

著者◉桐島寿人【きりしま・ひさと】

発行◉マドンナ社

発売◉二見書房

東京都千代田区神田三崎町二-一八-一一

電話 〇三-三五一五-二三一一（代表）

郵便振替 〇〇一七〇-四-二六三九

印刷◉株式会社堀内印刷所 製本◉株式会社村上製本所 落丁・乱丁本はお取替えいたします。定価は、カバーに表示してあります。

ISBN978-4-576-24025-1 ◉Printed in Japan ◉©H.Kirishima 2024